우리들의 두 여인

우리들의 두 여인

홍상화 소설

한국문학사

| 작가의 말

이 책은 얼마 전 발표된 『전쟁을 이긴 두 여인』에 잇닿아 있다. 60여 년 전의 전쟁 못지않게 풍요로움을 동반한 이 시대의 물적 탐욕도 때로는 전쟁과 같은 엄청난 파괴력을 내포하고 있다. 그러한 탐욕을 슬기롭게 극복한 두 여성에 관한 이야기가 바로 『우리들의 두 여인』이다.

이 여성들이 택한 삶의 방법은 『전쟁을 이긴 두 여인』과 같이, 자신의 희생을 통해 가깝거나 사랑하는 사람을 감싸안고 용서하는 것이다. 그것이 한국 여성의 역사이고, 동시에 현대 한국을 만든 원동력이며, 또한 미래 한국의 희망이기도 하다.

이러한 독특한 정신적 영역을 단편소설의 형식을 취해 문학적으로 형상화한다는 것은 어쩌면 다소 힘든 일일 수도 있다. 비록 그렇다 하더라도 그에 대한 노력

또한 문학의 의무라 할 수 있지 않을까? 그 노력의 미미한 결과가 바로 이 자그마한 책인 것이다.

이렇듯 문학적 형상화의 도구로 단편소설을 택한 데는 세 가지 이유가 있다.

첫째는 80여 년 전에 이태준이 주장한 것처럼 장편과 비교되는 단편의 상대적 예술성이고, 둘째는 콘텐츠 홍수의 스마트폰 시대가 도래한 이후 (특히 소설 독자층이 얇은 우리 현실에서는) 단편만이 광범위한 독자층의 접근이 가능하다는 믿음이며, 셋째는 인생의 황혼기에 접어들면서부터 나 또한 이태준이 그러했듯이 단편의 창작에서 (내 단편이 다루는 주제 때문인지는 모르지만) 어떤 '성스러움'을 느끼기 때문이다.

2014년 9월

홍상화

차례

능바우 여인

1.

성환 씨는 러시아워로 복잡한 시내 한복판을 검은색 소나타 승용차로 지나고 있었다. 오늘도 출근하는 며느리를 태우고 가는 중이었다.

"에미야, 애비한테 내 직장 문제에 대해 얘기 들었니?"

그는 운전석 옆에 앉은 며느리에게 말했다. 성환 씨의 직장 문제란 어제 저녁에 아들이 제안한 건물 야간 경비직 자리였다. 며느리가 시아버지를 힐끔 보고는 시선을 손에 들고 있던 수첩으로 다시 옮겼다.

"자세한 얘기는 아직 못 들었어요."

며느리가 수첩에 시선을 둔 채 말했다. 그 문제에 대해 자신의 직장 출근길에 얘기하고 싶지 않다는 의사로 받아들여졌다. 며느리의 직장 출근길이라고 했지만 뭐 직장이랄 것도 없었다. 30대 중반에 들어선 아들이 6개월 전 지난 5년간 운영하던 하청 사업에 실패한 후 경제적으로 가족을 돕고자 보험회사 주부영업사원으로 나선 것이었다.

"애비 회사 근처 빌딩에 야간 경비직 자리가 나왔다는구나. 월급도 괜찮고, 근무 중 별로 간섭받을 일도 없고, 치안도 아주 좋고…… 밤잠이 없는 노인에게는 건강하다면 안성맞춤이라더라. 그리고 15평짜리 서민 아파트도 무료로 빌려준다는구나."

성환 씨는 특히 '아파트'를 강조하면서 며느리의 의사를 슬쩍 떠보았다.

"소일하는 데는 좋으시겠지만 야간이라는 것이 좀 마음에 걸리네요. 그것만 괜찮으시다면 규칙적인 생활을 하시는 게 아버님 건강에 오히려 도움될 수도 있어요."

며느리가 수첩에다 뭔가 메모를 하면서 말했다. 신호등이 빨간불로 바뀌는 바람에 성환 씨는 자신도 모르게 급정거를 했다. 며느리가 놀란 듯 그에게 힐끗 곱지 않은 시선을 주는 것 같았다. 성환 씨는 며느리의 그런 시선을 느꼈지만 앞만 보면서 모른 체했다.

"애비 일은 요새 어떻대?"

신호등이 바뀌자 엑셀러레이터를 밟으며 성환 씨가 물었다.

"친구가 하는 자동차 부품 판매사업을 도와주고 있는데 신통찮은가 봐요."

"에미가 하는 보험은 잘되지?"

"별로예요. 반년 동안 했더니 도와줄 수 있는 주위 사람은 대개 다 도와준 것 같아요……. 능바우 어르신네들은 요새 어떻게 지내고 계세요?"

며느리가 성환 씨의 고향 친구들을 들먹였다. 능바우는 경북 상주에서 20리쯤 떨어진 창녕 성씨의 집성촌[1]으로, 며느리가 말한 능바우 어르신네란 성환 씨의 고향 친척들을 의미했다. 집성촌이다 보니 한 다리 건너 다 친척이고, 또 나이 또래가 비슷한 축끼리는 친구로 지냈다. 지금은 나이 들고 보니 오히려 친구라는 쪽이 더 가깝게 느껴졌다.

성환 씨는 가슴이 답답해졌다. 아내가 얼마 전부터 고향 친구들에게 보험 부탁을 해 며느리를 도와주라고 기회가 있을 때마다 채근하고 있던 터여서, 능바우 친척들의 건강을 묻는 며느리의 속셈을 알아차렸기 때문이었다.

"다들 건강하지…… 오늘 먹골댁 아제의 막내딸 혼사가 있는 것 알고 있지? 나는 식장에는 못 가고 저녁에 모이는 혼사 댁에는 가는데 거기서 다 만날 수 있을 거다. 한번…… 보험 얘기를…… 해보지."

성환 씨가 머뭇거리며 자신 없는 목소리로 말했다. 며느리로부터 금세 반응이 왔다. 차에 올라타고 처음으로 환한 미소를 지어 보이며 그에게 시선을 보냈다.

"나이가 들면 보험처럼 안전한 것이 없어요. 한 달에 10만 원이라도 괜찮고, 20만 원이라도 괜찮아요. 보험금에 이자도 붙고 돌아가시면 후손에게 상당한 보험금이 지급되지요. 시골에 있는 땅을 후손에게 남기면 뭐해요? 요새 누가 농사를 지으려고 하나요? 다른 사람 시켜서 농사지으면 남 좋은 일만 하는 거예요……."

며느리가 빠르게 얘기하며 활기를 더해갔다. 며느리의 말을 한 귀로 듣고 다른 귀로 흘리던 성환 씨는 그 호들갑이 몹시 마음에 걸렸다. 며느리가 혹시 고향 친척들 모임에서도 저러면 그 사람들이 나를 얼마나 욕할까 하는 마음에 불안하기 짝이 없었다.

"아버님, 어머님 말씀으로는 아버님께서 도만석 장관님을 오늘 만나시기로 하셨다던데요?"

"그래, 얼마나 도움이 될지 모르겠어. 나하곤 고등학교 동기인데…… 장관직을 그만둔 지 벌써 4년이나 지났고, 지금은 제3당 부총재직을 맡고 있긴 하지만 별로 힘이 없나 보더라."

"그래도 도움을 줄 수 있을 거예요."

며느리가 자신 있게 말했다. 그러나 성환 씨는 도만석이 며느리 일을 도와줄 수 있을지 영 자신이 없었다. 지난해 말 동기 송년회에서 잠깐 얼굴을 대한 후 만난 적이 없으니 벌써 9개월째 못 본 셈이었다. 재무부 관료 출신인 도만석이 은행장직과 재무부 장관직을 거치는 동안 성환 씨가 그에게 한 번도 청탁한 적이 없었고, 도만석이 재무부 장관직을 끝으로 관료 생활을 끝내고 정계에 투신한 이후 서너 번 그의 부탁으로 돈세탁[2]을 해준 적이 있었다는 사실이 다소 위안이 되었다. 큰 액수의 수표를 여러 장으로 나누고 은행 고객의 이름을 빌려 현금으로 여러 차례 바꾸는 돈세탁은 은행 지점장으로서는 별로 어려운 일이 아니었다.

"아버님, 먹골댁 아제 딸 혼사에 저희는 가지 않아도 돼요?"

"공휴일도 아니고 직장이 있는 사람들인데…… 너희들은 안 가도 돼. 네 시어머니가 가기로 했다. 나는 도장관이 그 시간에 만나자고 해서 못 가고……."

"그럼 축의금이라도 전해야지요?"

"네 시어머니가 너희들 이름으로 이미 준비했다."

축의금 얘기가 나오자 성환 씨의 가슴속은 서글픔으로 뭉클거렸다. 가까운 친척들의 혼사가 있을 때면 아내를 다그쳐 자식 부부에게 알려주도록 했으나, 혼사에 참석하지 않는 것은 차치하고라도 언제 한번 자기들이 축의금을 준비해 전해준 적도 없었다. 그런데도 성환 씨는 아들 이름으로 축의금을 내는 것을 잊은 적이 없었다. 아들 체면을 지키려고 자신의 이름으로 내는 축의금보다 조금이라도 더 많게 했다. 그런데도 젊은 애들이니까 나이 들면 괜찮으려니 자위하며 아들 부부에게 큰 불만은 품지 않았다. 어젯밤 아들이 자기에게 야간 경비직을 맡으라고 하기 전까지는…….

"네 시어머니 말이야……."

며느리가 그에게 의아해하는 시선을 보냈다.

"네 시어머니한테는 아무 얘기도 하지 마라."

"무슨 얘기요?"

"내 직장에 관한 얘기 말이야. 내가 생각해보고 결정할게……. 네 시어머니는 자존심이 아주 강한 여자야. 내가 은행 퇴직할 때 말이다. 은행에서는 검사역[3]으로 1년 동안 일은 없어도 그냥 사무실에 나와 소일하라고 했는데, 네 시어머니가 체면 없는 일이라고 하지 말라고 해서 그만두었다."

"저는 얘기 안 했지만 애비가 이틀 전인가 무슨 얘긴가는 하는 것 같던데요……."

"뭐라고?"

성환 씨가 깜짝 놀라 다시 물었다.

"근데 아버님 경비직 취직 건인지 어떤 건지 확실한 건 잘 모르겠어요."

며느리가 당황한 표정으로 말했다.

아내의 특징을 한 가지 들라면, 그것은 한결같은 밝

은 표정이라고 서슴없이 말할 수 있는데, 그런 아내가 그러고 보니 이틀 전 저녁부터 별 이유 없이 말수가 줄어들고 왠지 모르게 우울한 표정을 짓고 있었음이 상기되었다. 성환 씨는 아내가 그 사실을 알고 있을지도 모른다는 생각을 하자 가슴이 답답해졌다. 그러다 이내 고개를 저었다. 아들이 그런 경솔한 행동을 결코 하지 않았을 거라고 믿었다.

"아버님, 너무 심려 마세요. 그이도 아버님 건강을 생각해서 그랬을 거예요."

아들이 야간 경비직에 대해 시어머니에게 얘기했을 수도 있음을 시아버지가 불쾌하게 여긴다는 것을 눈치챘는지 며느리가 다정하게 말했다.

"내 건강은 내가 해결할 수 있어. 애비가 걱정 안 해도 괜찮아."

성환 씨는 며느리의 시선을 외면한 채 퉁명스럽게 말했다.

잠시 후 어느 건물 앞에서 며느리가 내리고 차문을 닫자 성환 씨는 왔던 길을 다시 돌아가기 시작했다. 차 안에서 성환 씨는 가슴이 답답해왔다. 자식이 어머니를 그렇게 모를 수 있나! 경비직? 그것도 야간 경비직?…… 아내가 알았으면 아무리 유순한 성미더라도 까무러칠 일이었다.

수년 전 성환 씨가 은행 지점장으로 있을 때 지점장 모임에 부부 동반으로 참석하면 아내는 화술이나 품위 면에서 단연 다른 부인들을 압도했으며, 주무 부서의 장으로 있을 때도 행원들이 자기보다 아내를 존경하는 느낌을 받곤 했었다. 은행에 취직했다는 것 이외에는 별로 내세울 것이 없는 성환 씨가 아내와 캠퍼스 커플로 맺어졌을 때 여자 쪽에서 크게 밑지는 혼사라고 주위에서 떠들썩한 적이 있었다.

아내는 조선시대 알아주는 대갓집 자손이라는 집안 배경과 남녀공학 대학의 심리학과 최우수 학생이라는 조건을 갖췄지만, 은행원의 아내로서는 남편의 직장 생활에 크게 도움이 되지 않았던 적도 있었다. 성환 씨가 해외 지점에 근무할 때 담당 중역이 현지를 방문하자 어떤 직원의 부인은 매일 아침 일찍 인삼 꿀차를 타 가지고 보온병에 넣어서 아침식사 전 공복에 들라고 호텔방을 찾기까지 했었다. 그러나 성환 씨의 아내는 그런 일을 할 의향이 없었고, 성환 씨도 아내에게 그렇게 하라고 강요할 의사도 없었다. 성환 씨는 그때 일을 회상하자 입안이 씁쓸해졌다. 그 당시 매일 새벽 호텔방으로 인삼 꿀차를 가져다준 그 여자의 남편은 현재 은행 부행장으로 재직하고 있으나, 자기는 지점장을 끝으로 정년퇴직하여 아침마다 보험회사 주부영업사원으로 일하는 며느리를 차로 출근시켜주는 처지가 됐고, 하물며 자식으로부터 야간 경비직을 맡으라고 은근히 강요당하는 현실에 놓여 있기 때문이다. 그렇다고 성환 씨는 아내를 탓할 마음은 추호도 없었다.

2.

성환 씨의 부인, 심 여사는 남편의 고향 친구이면서 일가인 성백준 씨의 막내딸 결혼식장이 가까워오자 남편 생각에 마음이 무거워졌다. 인생의 말년에 건물 경비원이 된다면, 그것도 야간 경비원이 된다면 고향 친구들을 만날 면목이 없을 것 같다고 남편이 생각할 수도 있었다. 그래도 남편은 그 나이 또래 능바우 출신으로 서울의 일류 대학에 들어간 서너 명 중 한 사람으로 고향 사람들에게 선망의 대상이었고, 한때 능바우 어른들의 자랑거리였으니까…….

그런데 이제 와서 그런 직업을 갖는다는 것은 무엇보다도 남편의 자존심이 용납할 수 없을 것 같았다. 거기다가 일생 동안 저축했던 돈을 주저 없이 아들의 사업 밑천으로 대주고, 사업에 실패한 아들에게 통사정을 하다시피 하여 집에 들어와 같이 살게 한 남편 입장에서는 더욱 그럴지도 모른다. 이제는 오히려 아들 부부가 그런 자신을 반평생 살아온 아파트에서 내쫓는다고 남편이 섭섭해할 수도 있을 것이다.

심 여사는 답답한 마음을 지그시 누르며 예식장 건물에 들어섰다. 마치 공장에서 찍어내는 상품처럼 매시간 여러 곳에서 동시에 십여 쌍의 신혼부부를 배출하는 서민 예식장이었다. 일제시대 일본 대학에 유학을 보낼 만한 부농의 집안이었지만 선대의 사상운동으로 일시에 몰락하는 바람에 그 아들인 혼주[4]는 고등학교도 다니지 못한 처지였어도, 그의 혼사는 전통 선비집안의 품위를 지키고 있었다. 축하하러 모인 능바우 사람들의 모습은 모두가 흥에 들떠 있는 듯이 보였다.

한 항렬[5] 아래인 혼주 성백준 부부에게 축하인사를 하고 축의금 봉투 두 개를 접수대에 낸 후 그녀는 주위를 둘러보았다. 겨우 몸을 움직일 수 있는 능바우의 존로에서부터 비극의 중심이나 그 옆자리에 항상 존재했던 이미 노년에 접어든 능바우 여인들까지, 친척의 혼사가 갑자기 그들 모두에게 험한 세월 동안 감추어두었던 웃음을 되찾아준 듯했다. 그것이 능바우 여인들의 참모습이라는 생각이 들었다.

순간 남편이 연애 시절 막걸리잔을 앞에 두고 해준 적이 있는 이야기, '알고도 모른 체'하는 능바우 여인들의 지혜에 관한 이야기, 그리고 그 지혜가 가난에 찌든 생활 속에서도 아이들의 기를 죽이지 않게 했다는 이야기가 떠올랐다.

매서운 겨울바람이 능바우의 해가 진 들판을 스쳐갈 때면, 남편의 나이 또래의 마을 소년들은 따끈한 온돌방을 찾아나섰다. 주로 머슴들이 쓰던, 흙 위에 돗자리만 깔린 토방에서 그들 소년들은 화투를 쳐 성냥따먹

기를 하거나, 저녁에 마을 외곽에 있는 타성(他姓)이 사는 묵집에서 묵내기를 하곤 했다. 그런데 묵을 살 돈이 그들에게 있을 리 없었다. 하지만 내기에 진 소년이 묵값을 장만하는 것은 그렇게 어려운 일은 아니었다. 한밤중 소년의 집 광 한쪽 벽에 뚫린 통풍용 쪽문으로 어머니 몰래 기어들어가 콩이든 팥이든 곶감이든 보리든 쌀이든 한 바가지만 훔쳐가지고 나와 묵집에 가져다주면 되었다. 그래서 길고도 잔인한 보릿고개[6]가 찾아오면 나물죽 한 사발로 끼니를 때워야 했던 현실에서도 어머니는 아들에게 덜 미안해했고, 아들은 불만을 덜 품게 되었다. 비록 계획된 것은 아니었지만 중학생 아들에게 나물죽 한 사발을 먹이고 20리 등굣길을 보내는 어머니의 아픔을 달래주는 데 큰 역할을 했다.

그러한 능바우 여인들의 지혜는 그들의 남편에게도 슬기롭게 적용되었다. 젊은 여자와 도시 여자에게 주책없이 마음을 빼앗긴 남편이, '알고도 모른 체'하는 그들의 지혜 속에서 젊음이 힘을 잃고 돈이 떨어지면 가장의 품위를 잃지 않고 가정으로 돌아오게 해주었다. 남자를 완전히 망치고 그것도 모자라 그 가족 모두를 망치기 전에는 결코 돌려보내지 않는 '이데올로기'라는 요부를 제외한다면……. 심 여사는 예식장에 오기 전까지의 우울함에서 성큼 빠져나와 흐뭇함에 젖어들기 시작했다.

"대모님, 지금 오셨습니까?"

심 여사는 소리나는 곳에 시선을 보냈다. 나이는 서너 살 아래지만 자신보다 두 항렬이 낮은 종손의 부인이 그녀에게 고개를 숙여 인사를 해왔다.

"그래, 오랜만이네. 바깥에서 하는 사업은 잘되지?"

종손이 하는 치킨집을 염두에 두고 한 말이었다.

"사업은 무신 사업입니꺼? 구멍가게를……."

"자영업이 얼마나 좋아? 정년퇴직도 없고……."

그렇게 말하며 심 여사는 손아래 종손 부인의 두 손을 맞잡았다. 심 여사는 그녀를 볼 때마다 항상 미안한 마음을 감출 수 없었다.

영남지방에서는 '종손 벼슬보다 더 높은 벼슬은 없다'는 말이 있지만 이 경우는 달랐다. 말이 종손이지 어느 누구로부터도 도움을 받을 수 없어 경제적으로 몹시 궁핍한 처지에 있었다. 능바우 사람들의 인심이 각박하거나 종손을 도와줄 성의가 없어서가 아니고, 실제로 능바우 출신으로 종손을 도와줄 경제적 능력이 있는 사람이 없었다. 그래도 남편 정도가 사회적으로 엘리트 코스를 밟아 일류 대학과 은행직을 거쳤기 때문에 지금도 그럴 능력이 있는 몇 안 되는 사람으로 보였을 것이었다. 그만큼 능바우 출신으로 경제적으로나 사회적으로 출세한 사람이 드물었다.

그녀는 그 이유를 잘 알고 있었다. 성삼문[7]과 같은 고매한 인격으로 역사에 기록된 선비를 선현으로 모시는 능바우 남자들은 출세한 사람들과는 다른 점이 있었다. 그들은 거액의 뇌물을 주고받는 데 탁월하지 못했다. 어느 정도 경제력이나 사회적 지위를 얻고 난 후면 그들은 풍류를 즐겨 읊었던 선현들을 모범 삼아 특히 술을 즐겼으며, 낚시나 바둑 등 잡기를 좋아했고, 고개를 숙이기 싫어했고, 다른 사람들 눈치 보기를 싫어했고, 마음에 없는 얘기를 하기 싫어했고, 때로는 술의 도움을 얻어 큰소리치기를 좋아했다. 결국 그들은 사회적 출세와는 정반대의 길을 걸어왔던 것이었다.

예식 시간이 되어 심 여사는 식장 안으로 들어섰다.

앞쪽 가운데 통로 쪽 예식단이 잘 보이는 곳에 자리를 잡았다. 남편의 오랜 고향 친구이자 친척의 막내딸이 사랑하는 짝을 찾아 부부로 맺어지는 순간을 보는 귀한 장면을 그녀는 한순간도 놓치고 싶지 않았다.

주례가 사회자에 의해 소개되었다. 주례는 신부가 재직하는 초등학교 교장선생님이었다. 사회자는 교장선생님이 오늘 마침 학교 개교기념일이라 휴일인데도 기꺼이 주례를 맡아주셨다는 말을 덧붙였다. 주례의 지시에 따라 신랑 신부의 맞절이 있었고, 혼인서약이 끝나자 주례사가 시작되었다.

심 여사는 주례사 내용이 마음에 들었다. 근래 몇 년 동안 들어본 주례사 중 가장 훌륭한 것이었다. 특히 '……남편은 아내에게 음식 투정을 하지 말고 아내가 해준 음식을 맛있게 먹어야 하며, 아내는 남편이 돈을 적게 벌어온다고 불평하지 않아야 하고, 항상 이해하는 마음으로 살아야 합니다' 하는 부분이 심 여사의 마음에 쏙 들었다. 남편의 '돈'과 아내의 '음식'은 절묘한 메타포로 들렸다. 공허한 미사여구로 가득한 그 흔해빠진 주례사와는 달랐다. 그런데 요즘 젊은이들이 이러한 단순하고 평범한 진리를 잘 받아들일 수 있을까? 심 여사는 의구심이 들었다.

다음으로 신랑 신부를 위한 축가 순서였다. 초등학생 남녀 열여섯 명이 하객을 향해 두 줄로 섰다. 사회자가 신부 담임반 학생들이라며 노래를 잘하지 못해도 양해해 달라는 부탁을 받았다고 했다. 학생들의 축가가 시작되었다. 존경하는 선생님의 생애에서 가장 중요한 날, 어려운 교장선생님의 시선을 받으며 수많은 하객들 앞에서 피아노 반주에 맞추어 부르는 학생들의 노래는 금방 멎어버릴 것처럼 위태로웠다.

심 여사는 아슬아슬한 마음에서 시선을 신부에게로 보냈다. 고개를 숙인 채 짓고 있는 신부의 미소 속에는 가까운 사람 모두에게 느끼는 애정과 고마움과 어떤 역경이라도 고즈넉이 받아들이겠다는 마음가짐이 배어 있었다.

신부의 그런 표정이 너무나 눈에 익었다. 그것은 바로 능바우 여인들의 모습이었다. 시어머니와 시할머니, 그리고 아마도 능바우의 모든 여자들은 그런 미소 속에 다가온 역경…… 여자들이 아닌 남자들에 의해 만들어진 역경을 헤쳐나가려고 발버둥치며 깊은 상처를 남기기보다 세월의 흐름의 도움을 받아 그런 역경이 그냥 흘러가도록 했으리라. 그리고 역경을 이겨내는 데 도움을 준 세월이 능바우 여인들에게 심술을 부려 노년의 병마를 가져오기 전 그들은 인생의 무대로부터 우아한 퇴장을 택했다.

그때는 눈치채지 못했지만 지금 생각하니 시할머니는 말년에 음식을 줄였고, 시어머니는 의사가 말년 병석에서 산소호흡기의 부착을 권했을 때 그렇게 하지 않도록 남편에게 눈빛으로 애원했었다. 그래서 능바우 여인들은, 아니 한반도의 많은 여인들은 여인으로서 가장 우아한 죽음으로 다른 사람이 눈치챌 수 없는 방법을 택했다. 그런 삶의 종말을 택할 수 있는 여인들은 어떤 높은 경지에 다다른 사람들일 것이고, 그런 높은 경지가 이어져 내려와 강인하고 슬기로운 한국 여인의 전통이 이어졌으리라고 심 여사는 마음속으로 결론지었다.

결혼식은 신랑 신부가 양가 부모에게 인사하는 것을 끝으로 마무리되는 듯했다. 심 여사는 사념에서 벗어나 식단에 시선을 보내며 흐뭇한 기분이 되었다. 그녀는 가장 수준 높은 결혼식을 보았다고 자신했다. 역시 삶의 질은 돈과는 관계없음을 재확인하는 자리였다. 오히려 반비례한다는 생각이 들었다. 그런데 다음 순간 사회자의 말이 들려왔다.

"신랑이 만세 삼창을 하겠습니다."

순간 어쩔 줄 몰라하는 신랑을 향해 사회자가 다시 말했다.

"만세 삼창을 안 하면 나갈 수가 없을 겁니다."

그때 신랑이 느꼈을 난감함은 심 여사보다 수십 배 더 했을 것이다. 심 여사는 당장 쫓아나가 미소를 머금고 있는 젊은 사회자를 말리고 싶었다. 그 젊은이가 살벌한 인생살이 속에 그나마 남아 있는 귀중한 모든 것을 산산조각내려 하고 있었다. 그것도 잘난 체하고 부끄러움을 모르는 요즘 젊은이들만이 지을 수 있는 모든 것에 무심한 듯한 미소 속에서……. 상대방에 대한 무심함, 손윗사람에 대한 무심함, 예의에 대한 무심함, 사회규범에 대한 무심함…….

머뭇거리던 신랑이 마지못해 만세 삼창을 했다. 천박한 가벼움이 모든 고귀함, 초등학생들의 순진함과 신부의 겸손함이 이루어낸 고귀함을 산산조각내는 순간이었다. 그것은 심 여사에게는 견디기 힘든 공포감으로 다가왔다. 그리고 또한 그것은 오래간만에 흐뭇함에 젖었던 심 여사를 잔인한 현실로 되돌리는 순간이기도 했다. 그녀가 돌아온 현실은 혐오스러웠다. 야간경비직을 남편에게 제안한 아들과 그 제안으로 괴로워할 남편의 모습이 또다시 떠올랐기 때문이었다.

심 여사는 가슴에 심한 통증을 느꼈다. 가장 품위 있었던 결혼식이 단숨에 추락했듯이, 그렇도록 단란했던 자신의 가정이 자칫 한순간에 깨어질 수 있는 가능성을 보았다. 그녀로서는 결코 그것을 용납할 수 없었다. 순간 며칠 전 딸네 집에 가사도우미가 필요하다며 소개를 부탁한 친구 생각이 떠올랐다. 심 여사는 결혼식이 끝난 뒤 그 친구에게 연락하기로 마음먹었다.

3.

성환 씨는 현재 제3당의 부총재직을 맡고 있는 도만

석과의 약속 시간 30분 전에 약속 장소인 당사 근처에 도착했다. 시간을 때우느라 20여 분 동안 당사 근처를 맴돌다가 약속 시간 10분 전쯤 당사 안으로 들어갔다. 상냥한 미소를 짓고 있는 비서가 그를 도만석 사무실 옆 부속실 격인 대기실로 안내하였다.

대기실 소파에 앉아 기다리던 성환 씨는 벽 쪽 선반 위에 놓인 사진들에 시선을 보냈다. 재무부 관료 시절 당시 권력자에게 브리핑하는 사진, 은행장 시절 은행 신축 건물의 준공식에서 테이프 커팅하는 사진, 재무부 장관 시절 국제회의에서 연설하는 사진, 그리고 엉터리 삼류대학에서 명예박사 학위를 받는 사진……. 성환 씨는 그러한 사진 속에 꼭 있어야 할 사진들이 빠졌다는 생각이 들어 피식 웃음이 나왔다.

재무부 관료 시절 결재서류에 도장을 찍은 대가로 무자비하게 우려먹은 거액의 뇌물과 황금알을 낳는 그의 도장 찍는 모습, 은행장 시절 대출 대가로 대출 금액의 1퍼센트에서 5퍼센트까지 커미션조로 착실하게 야금야금 받아 챙기는 모습, 재무부 장관 시절 걸핏하면 밤낮으로 금융기관장들을 소집하여 헤어질 때면 주머니가 터질 정도로 챙겨넣은 돈봉투 때문에 뒤뚱거리며 차에 올라타는 모습, 그리고 현 정권 초기에 뇌물수수죄로 걸렸을 때 일본으로 도망갔다가 때가 되어 귀국하기 바로 전날까지 일본의 최고급 골프장에서 유유자적 놀다가 공항에 귀국할 때는 들것에 실려 중환자로 둔갑하는 모습을 담은 사진……. 성환 씨는 쓴웃음을 지었다.

그뿐만이 아니었다……. 성환 씨는 생각을 계속했다. 그가 하는 일은 공적이든 사적이든 상관없이 언제나 분명히 반대급부가 있어야 했으며, 그가 받아들이는 대가는 일정했다. 현금이나 수표뭉치……. 그것은 추상적인 것이 아니라 간단하고 계량화가 가능한 것이었다.

첫째, 계량화에 있어 특히 그는 백분율의 부호를 좋아했다. 여신 대출금의 몇 퍼센트, 구입가격의 몇 퍼센트, 수익 예상금의 몇 퍼센트 등……. 둘째는 11조가 아니고 17조의 원리를 철저히 지키는 것으로, 억지를 써 우려낸 돈의 7할은 다른 사람에게 뿌리고 나머지 3할만 자신이 챙긴다는 것이었다. 다른 사람이란 국회의원을 포함한 정치가들, 검찰을 포함한 사정기관들, 그리고 언론인을 포함한 여론 조성 계층이었다.

이 두 가지를 철저히 지킴으로써 그는 걸어다니는 다이너마이트 행세를 하는 입신의 경지에 들어서게 되었고, 그가 폭발하면 17조의 혜택을 받은 사람이 모조리 다치게 되므로 그를 보호하지 않을 수 없는 지경에 이르게 되었다. '다이너마이트는 우리를 자유롭게, 그리고 평등하게 만들었다'고 법정에서 소리친 어느 국제 테러리스트를 연상시킬 만했다.

도만석의 출신 배경은 어떠했는가? 청년 시절 무슨 책을 읽었으며, 어떤 친구들을 사귀었는가? 어떻게 최소한의 정의감과 윤리감각마저도 버리게 되었는가? 그를 출세시킨 인생철학은 어떻게 형성되었는가? 돈의 위력을 어떻게 알게 되었는가? 말단 공무원으로 시작하여 각료로 입각하기까지의 출세 과정은 어떠했는가? 정치계에 입문하여 또다시 어떤 변신을 시도할 것인가?

이 모든 질문에 대한 답이 나오면 20세기 말을 전후한 한국 사회상에 대한 설명이 될 수도 있었다. 한마디로 도만석은 이 시대를 대표하는 전설적 인물이라 할 수 있었다. 그는 앞으로도 끝없는 연구 대상이 될 것이고, 이 시대가 배출한 성공적인 인물의 최적 표본이 될 것이다. 성환 씨는 씁쓸한 미소를 머금었다.

그때 문 여는 소리가 들리자 성환 씨는 문 쪽으로 시선을 주었다. 비서가 문을 잡고 있고, 뒤이어 도만석의 모습이 드러났다. 놀랍게도 언제나 젊은이의 팔팔한 걸음걸이를 보이던 도만석이 다소 어렵사리 왼발을 옮겨 놓고 있었다. 성환 씨는 그가 소파에 앉기를 한참 동안 기다렸다. 그가 소파에 앉자 성환 씨도 따라 앉았다.

"도공! 다리 어떻게 된 거야?"

성환 씨는 걱정스러운 눈빛으로 물었다. 도만석이 장관을 지낸 사람이라 고등학교 동기 동창생들 간에도 '공(公)'이라는 명칭을 붙여왔으므로 성환 씨도 그렇게 불렀다.

"소식 못 들었구먼……. 석 달 전에 새벽 골프 치다 쓰러졌어. 그놈의 새벽 골프가 문제였지. 당 총재가 새벽잠이 없어 새벽 골프를 좋아하니 안 나갈 수도 없고……."

경미한 뇌졸중이라 언론에서도 보도하지 않은 듯했

고, 또 도만석 자신이 직접 말하지 않아서 성환 씨는 까마득히 몰랐던 것이다.

"뇌졸중이었나?"

"그렇지 뭐. 그래도 경미하길 다행이지."

"원래 고혈압이었나?"

"혈압은 좀 높았어. 혈압약을 상복하고 있어서 별로 느끼지 못했는데……. 그 전날 밤 젊은 정치부 기자들 기분 맞추느라 폭탄주를 여섯 잔이나 하고 잠도 못 자고 나갔으니……."

그때 비서가 차를 가지고 와 그들의 대화는 잠시 중단되었다. 성환 씨는 눈을 돌려 벽 쪽 선반 위에 놓인 사진들에 시선을 보냈다.

"그것 다 아무 쓸데없는 것들이야."

비서가 나가자 도만석이 턱으로 선반 쪽을 가리키며 말했다.

"내가 왜 이렇게 된 줄 알아? 저따위 사진 찍느라고 허풍을 떨다 보니 이렇게 되고 말았네."

도만석이 쭉 뻗은 자신의 왼쪽 다리를 주무르며 말했다.

"그래 지금은 어때?"

"물리치료를 받고 있지. 빨리 손쓰지 않았으면 죽었거나 완전히 반신불수가 될 뻔했다네."

"그래도 다행이군. 워낙 의술이 좋으니까 곧 완쾌될 거야."

"완쾌된다 해도 이젠 반쪽 인간이라고 봐야지. 두 번째 터지면 치명적이래……. 그래 자네는 요새 어떻게 지내고 있어?"

"나도 반쪽 인간이야. 정년퇴직을 하고부터는…… 하릴없이 소일하고 있지."

"왜 자네가 반쪽 인간이야. 겉보기에 환갑 지난 노인네로 보이지 않는데……."

"친구들은 그렇게 볼지 모르지만 정년퇴직하면 제일 먼저 자식들이 반쪽 인간으로 보는 것 같아."

"그래……?"

도만석이 의아해하는 표정을 지었지만 더 이상 묻지는 않았다. 성환 씨의 복잡한 심정을 다소 알아차린 듯했다.

"그래, 무슨 일로 나를 만나자고 했어?"

도만석이 찻잔을 내려놓으며 물었다.

"뭐 별일 아니고…… 내 며느리가 보험회사에 다니고 있는데 혹시 도공 주위 사람 중 보험이 필요한 사람이 있나 해서 찾아와봤어."

"며느리가 보험을 한 지 얼마나 됐어?"

"한 반년 되어가. 괜히 부담 갖지 마. 애비 된 도리로 도와주려는 시늉이라도 하려고…… 경제적으로 어려운 것도 아니야. 며느리가 그냥 소일 겸……."

도만석의 뇌졸중을 대한 후 일체 어떤 결과를 기대하지 않았으나 며느리와의 약속 때문에 마지못해 한 말이었다.

"반년밖에 되지 않았으면 지금이 아주 중요한 때야. 보험회사에 실력을 보여야 대접을 받을 수 있어. 며느리를 나한테 보내. 내 주위에 있는 사람들한테 소개시켜줄게. 내가 비록 이렇게 반쪽 인간이 되었지만 아직 괄시받을 처지는 아니야. 내일이라도 나한테 전화 먼저 하고 찾아오라고 해."

하찮은 일에 도만석이 보인 적극성이 너무나 놀라웠다. 도만석에 대한 자신의 선입견이 어떠한 것이었든

간에 성환 씨는 한 가지만은 확신할 수 있을 것 같았다. 아무리 어수선한 세상일지라도 엉터리 장관직이라도 거쳤으면 그 나름대로 이유가 있을 거라는 생각이었다.

곧이어 놀라운 일이 일어났다. 며느리가 취직한 회사 이름을 물은 후 비서를 시켜 그 회사 사장과의 전화통화를 부탁해서 통화가 되었을 때 도만석이 한 말…… 내 고향 형님이신데 과거 지점장 할 때 크게 도움을 주신 분이고 내가 꼭 은혜를 갚아야 할 처지, 라고 한 말에 다소 놀랐다. 성환 씨에게는 재무부 장관 시절 국장이었기 때문에 적극적으로 도와줄 것이라는 말도 덧붙였다. 그리고 며느리를 당장 자기에게 보내라고 다시 당부했다.

"고마워, 바쁜 시간을 내주어서. 내일 며느리가 도공에게 연락하도록 조처할게."

"빠르면 빠를수록 좋아. 이런 일일수록 생각날 때 해치워버려야 해. 시간이 지나면 잊어버리게 되지."

성환 씨가 자리에서 일어났다.

"도공은 많이 변했어."

소파에 앉은 도만석을 부축해 일으켜 세우며 성환 씨가 말했다.

"반쪽 인간이 된 내 외모가?"

"아니…… 뭐라고 할까? 인생관이라고 할까?"

"인생관?"

도만석이 선 채 그를 부축하고 있는 성환 씨를 쳐다보았다.

"재무부 장관이 되기 전 내 인생의 목적이 무엇이었는지 알아? 행정고시 출신이 아니면서 말단 공무원으로 시작해서 장관 자리를 차지하는 거였어. 결국 목적을 달성했지."

성환 씨가 그를 부축해 문 쪽으로 한 발 한 발 옮겼다.

"도공은 이젠 뭘 할 거야?"

"일단 회복을 해야지. 시간문제지 완전 회복할 자신이 있어."

"그 다음엔 뭐할 거야?"

그때 비서가 문을 열고 문 옆에 섰다. 도만석의 표정이 갑자기 엄숙해졌다.

"장관은 해봤으니 이제는 총리 자리 한번 차지해야지."

문 앞에 서서 마치 비서가 들으라는 듯 성환 씨를 보며 말했다. 농조로 한 말인가 싶어 성환 씨는 그의 눈을 보았다. 전혀 농조의 기미가 없었다. 다음 순간 도만석이 호탕하게 웃어젖혔다. 도만석은 갑자기 다시 전형적인 정치인이 되어 있었다.

엘리베이터 안에서 성환 씨는 도만석의 적극성이 가져온 충격에서 완전히 벗어날 수 없었다. 마치 지금으로부터 정확히 8년 전 IMF[8]를 당했을 때의 충격과 흡사했다. 문득 이상한 느낌이 들었다. 도만석이 오히려 위선자들이 지배하는 이 사회에서 가장 솔직한 인간일지도 모른다는 느낌이었다. 자기 힘으로 고치지 못할 사회상인 이상 그냥 그대로 받아들이고 적극적으로 삶을 상대한다는 것…… 얼마나 많은 사람들이 세상을 불평하며 정력을 소비하는가! 주어진 인생을 적극적으로 사는 것…… 그것이 좋은 인생, 특히 좋은 노년 인생의 비결인 듯했다.

4.

도만석과 헤어져 집으로 간 성환 씨는 아파트 주차장에 차만 세워놓고 남부버스터미널로 향했다. 도만석을 만나러 갈 때와는 사뭇 다른 기분으로 발걸음이 가벼웠다. 달리는 버스의 창밖으로 펼쳐지는 시골 풍경을 대하면서 그는 흐뭇한 회상에 젖어들어갔다.

혼주인 성백준과 얽힌 여러 일 중에서 6 · 25전쟁 당시 미군들이 주둔한 초등학교 건물에 다른 친구들에게는 알려주지 않고 성백준과 둘이서만 몰래 들락거렸던 때가 떠올랐다. 항상 미소를 머금고 있는 할머니를 더욱 기쁘게 했던 그 일은 초등학교 화장실 바닥에 떨어진 미군들의 양담배 꽁초들을 주워다가 할머니 담배통에다 까놓았던 것을 말한다.

장죽 담뱃대에다 담뱃가루를 담고 불을 붙인 다음 엄지로 꾹꾹 누지르시며 할머니가 지으셨던 흐뭇한 미소가 떠올랐다. 할머니의 투박하게 갈라터진 엄지, 자신의 등을 시원하게 긁어주던 할머니의 그 엄지는, 지금 생각해보니 불붙은 담배를 누르느라 터진 것이 아니라

그전에, 훨씬 이전에, 아마도 시집온 후부터 험한 들일이나 집안일을 거두시느라 터졌을 것이었다. 할머니가 노년을 맞이해 그러한 고육이 또 다른 여자인 어머니에게 넘어가면서부터 젊은 시절의 고생한 기억을 담뱃불로 불사르셨으리라. 그래서 노년이 능바우 여인들에게 찾아올 때쯤이면, 나쁜 기억은 담뱃불로 태워 버려지고 젊은 시절의 미소만 남아 있게 마련이었을 것이다. 언제나 지워지지 않는 할머니의 미소처럼…….

성환 씨는 저녁 7시경 오산 시내에 사는 혼주 성백준의 허름한 단독 주택에 도착하였다. 거실에서는 혼주를 비롯해 남자들만 모인 술자리의 분위기가 한창 무르익어가고 있었다. 성환 씨는 그곳에 모인 열댓 명의 친척들 사이에 앉았다. 그리고 상 위에 차려진 음식을 눈여겨보았다. 능바우 특유의 배추전과 묵무침이 특히 입맛을 끌었다. 배추전을 양념장에 찍어먹은 다음 육수와 배추김치와 김을 섞어 양념장에 무친 묵을 먹어보았다.

성환 씨는 어릴 때 너무 가난하여 늘 배를 곯았기 때

문에 파전과 배추전이 그때는 맛있을 수밖에 없었다는 자신의 생각이 틀렸음을 알았다. 지금도 역시 무엇과 비교할 수 없는 맛이었다. 콩가루를 묻힌 국수에 다진 쇠고기와 잘게 썬 호박으로 조미를 한 칼국수가 그의 앞에 놓였다. 그는 맛을 보았다. 능바우 여인네들만이 낼 수 있는 바로 그 맛이었다. 그는 먹는 데 정신이 없어 주위에서 마치 싸우듯 왁자지껄 떠드는 능바우 남정네 특유의 소리에 신경을 쓸 여유가 없었다.

"내가 요새 서민을 도와주기 위해 생긴 공공근로사업에 나가는데 괜찮더라. 공원 안에서 쓰레기를 줍는 일인데 별로 힘도 들지 않고……."

옆에 앉은 성백준이 말하는 소리가 들렸다. 그렇게 떠들썩하던 방안이 갑자기 조용해졌다. 성환 씨가 고개를 들어 주위를 둘러보았다. 모두가 고개를 숙이고 술잔을 입으로 가져가는 모습이 보였다. 무겁고 긴 정적이 방안을 지배했다.

나이는 두 살 아래지만 성환 씨보다 두 항렬 아래이고 성백준보다 한 항렬 아래인 종손이 눈을 치켜떴다.

"백준 아제, 고만둬요. 에이…… 씨…… 고만두란 말

이여…….”

종손이 비운 술잔을 상에 소리나게 내려놓으며 소리쳤다.

“와? 내가 뭐라 캤는데…… 와 공공근로사업에 나가는 게 나쁘나?”

성백준이 머쓱해하며 말했다.

“백준 아제. 왜 자꾸 그런 말을 하나 말이여. 고만두라면 고만둬요. 에이……씨…….”

종손이 다시 소리쳤다.

“쟈가 왜 나한테 저리 소리치고 야단이고?”

“그 애긴 하지 말란 말이여…….”

종손이 다시 소리쳤다. 그는 연거푸 소주를 따라 마셨다. 모두가 불안해하는 시선을 그에게 보냈다. 그 순간 성환 씨는 그가 화를 내는 이유를 알아챘다. 아무리 늙어빠진 노인이라 하더라도, 옛날 같으면 머슴이나 하던 일을 능바우 양반이 어찌 할 수 있느냐 하는 질책이었다.

궂은일은 몽땅 여자들에게 떠맡기면서도 양심의 가책을 느끼지 않고 빈둥빈둥 먹고 노는 전형적인 능바우 남정네의 심리 상태였음을 성환 씨는 깨달았다. 방안의 분위기가 썰렁해졌다. 옆에 앉은 혼주의 모습에 시선이 갔다. 성백준이 가난 때문에 고등학교 진학을 포기한 후 동네 뒷산의 철탑에서 투신하려다 '개값이라도 하고 죽어야겠다'고 마음을 다시 먹었던 일이 기억났다. 역시 가난 때문에 고등학교 진학이 좌절된 또 다른 친구가 농약을 먹고 자살한 지 한 달 후에 일어난 일이었다. 어떻게든 성백준을 도와주고 싶었다. 성환 씨는 들고 있던 젓가락을 소리나게 상 위에 내려놓았다.

"나는 내주부터 아파트 야간 경비직을 맡기로 했다."

방안이 무거운 침묵에 빠졌다. 모두가 의외라는 표정으로 그에게 시선을 보냈다.

"집에서 놀면 뭐할 끼고? 노인네가 그런 일이라도 해야제."

성환 씨가 별것 아니라는 투로 다시 말했다. 자기 의사와 달리 마치 누군가의 지시에 의해 불쑥 내뱉은 그 말로 복잡했던 문제가 순식간에 해결된 느낌이 들었다.

"밤에 잠도 안 자고 우째 일할라고 갑니꺼?"

종손이 말했다.

"밤잠도 없는 노인네한테 안성맞춤인 직업 아이가…… 낮에도 별 할 일이 없고……."

"손자들하고 놀면 안 됩니껴?"

"손자들이 노인네하고 놀라 카나. 니도 기억하제? 우리들도 능바우에서 초등학교 다닐 때 환갑 지난 노인이 거처하는 방에는 들어가지도 않았잖나…… 냄새난다고……."

"그때는 목욕도 못했지만 이제는 자주 해 냄새가 안 납니더……."

"대신 요새 애들은 우리 어릴 때보다 후각이 얼마나 발달했는지 아나? 우리처럼 밭에서 똥 냄새 맡고 자라지 않아 더 예민한 기라."

성환 씨의 말에 공공근로사업에 나간다고 나이 어린 종손으로부터 통을 맞았던 성백준이 웃었다. 뒤이어 모든 사람이 따라 웃었다. 무겁던 방안의 분위기가 바뀌었다. 그때부터 그들은 어릴 때 고향에서 경험한 이야기를 안주 삼아 술잔을 기울였다.

"너희들 보험 들 일 있으면 나한테 얘기해라. 며느리가 보험회사에 취직했다."

성환 씨가 별것 아닌 일처럼 말했다.

"보험회사에 무슨 일로요?"

성백준이 물었다.

"주부영업사원이지. 그 나이에 뭘 하겠노?"

그러나 이번에 찾아온 정적은 아주 가벼웠고 짤막했다. 능바우 남자들이 술 덕분인지 고리타분함에서 좀 깨어난 덕분인지, 그건 성환 씨로서는 분간하기 어려웠다.

그들은 느지막하게 혼주집에서 나왔다. 택시가 잡히지 않자 누군가 버스터미널까지의 거리를 물었다. 6킬로미터 정도라고 했다. 종손이 다른 사람들과 의논도 하지 않고 앞장서 걷기 시작했다. 성환 씨는 6 · 25전쟁 당시 그들이 중학교에 입학했을 때 멀건 나물죽 한 사발만 훌훌 먹고 능바우에서 상주읍까지 매일 20리 길을 뛰었던 때를 떠올렸다. 성환 씨는 뛰기 시작했다. 앞서 가던 종손을 지나치자 종손도 뛰기 시작했고, 다른 사람들도 뒤따랐다.

"나물죽을 먹어야 잘 뛰는데 너무 많이 먹었다."

성환 씨가 옆에서 뛰는 종손에게 말했다.

"그때 지는 금세 배가 꺼질까 봐 책보자기 끈으로 허리를 힘껏 졸라매고 뛰었지예."

종손이 말했다.

"니도 그랬나? 나도 그랬는데……."

잠시 침묵 속에 두 사람이 나란히 뛰었다.

"참 우리 가난했다 그제?"

성환 씨가 가쁜 숨을 몰아쉬며 말했다.

"예, 참 가난했십더. 찢어지게 가난했지예."

"그런데 왜 자꾸 그때가 그리워지지?"

"나도 모르겠십더."

그들은 뛰기를 멈추었다.

"아마도 배고픔이 뭔지 잊어버려 그런갑다."

"그럴 낍니더."

두 사람이 나란히 걷기 시작했다.

"그때 생각하면 지금은 무슨 일이든 못하겠나?"

야간 경비직을 염두에 두고 마치 종손의 동의를 구하듯 성환 씨가 말했다.

"대모가 대부…… 야간 경비직 한다는 거 압니꺼?"

종손이 앞에 시선을 둔 채 성환 씨에게 물었다. 종손

이 말한 대모는 아내를 의미했다.

“아직 모르고 있다.”

“알면 절대로 못하게 할 낍니더. 얼마나 자존심이 강한 분인데요…….”

성환 씨는 종손의 사람 보는 눈이 뛰어나다는 것을 확인했다. 아내는 누구보다 자존심이 강한 여자였다.

“나도 알고 있다. 어떻게든 설득해봐야지.”

성환 씨는 아내를 설득하기가 쉽지 않은 일이라는 것을 잘 알고 있었다.

5.

한 시간 반쯤 후 성환 씨는 오산 시외버스터미널에서 막차를 타고 서울 남부버스터미널에 도착했다. 아내를 설득하는 방법을 강구하고 술도 깰 겸해서 싸늘한 밤 공기를 맞으며 아파트까지 한 시간 정도 밤 거리를 걸었다. 그가 집에 도착했을 때는 자정이 조금 지난 시간이었다. 이미 잠들어 있을 아내는 내일 설득하기로 했다. 아내에게 마음의 상처를 입히지 않기가 쉬운 일은 아닌 듯했다.

아파트 단지 안으로 들어서자 바로 그곳에서 아내가 일곱 살 된 아들에게 자전거 타기를 알려주던 30여 년 전 어느 날이 떠올랐다. 아들이 올라탄 두발자전거를 잡아주고 밀어주고, 그리고 넘어질 때는 자식보다 심하게 넘어져도 반드시 먼저 일어나는 아내의 젊은 시절 모습을 성환 씨는 아파트 베란다 유리문을 통해 보고 있었던 것이었다.

그리고 그로부터 1년 후 그곳에 서서 본 것이 또 있었다. 아들이 엉성하게 던지는 야구공을 꾸부리고 앉아 받으려다가, 받기는커녕 공을 주우러 다니기에 급급했던 아내의 젊은 모습이었다. 바로 이틀 전, 야구공을 던질 때 어디에 힘이 들어가야 하느냐? 하고 자신에게 아내가 물었을 때, 자전거 타기도 모자라 이제는 아들에게 야구공 던지는 법까지 가르치려고 그랬었다고는 상상할 수 없었다.

다음날, 다친 손목으로 고생하는 아내에게 '아들이 애비를 닮아 운동에 소질이 없다. 그러니 아들 운동에 신경을 써봐야 다른 아이들만큼 잘할 수 없을 것이다' 라고 위안의 말이라도 해줄 수 있었건만 오히려 '자업자득'이라고 아내에게 핀잔을 주었던 30여 년 전의 그 날이, 바로 어제 일처럼 또렷이 성환씨의 머릿속에 떠올랐다.

참 한심한 놈…… 어떤 어머니인데! 성환 씨는 속으로 아들을 탓했다. 자신만은 황혼기에 접어든 아내에게 무슨 일이 있어도 상처를 주지 말아야 한다고 자신에게 다짐하고 또 다짐했다. 그 순간 성환씨는 누가 뭐래도 야간 경비직을 포기하기로 결심했다. 시간이 조금 더 걸리더라도 다른 일을 찾기로 했다.

아파트 문을 열고 들어섰을 때 예상대로 모두가 잠들어 있는지 불이 꺼져 있었다. 성환 씨는 침실 문을 살그머니 열고 들어갔다. 전등을 켜지 않은 채 소리를 죽여가며 잠옷으로 갈아입었다. 침실에서 살짝 빠져나와 욕실로 가 양치질을 하고 세수를 했다. 다시 침실로 들어와 아내가 잠든 침대 옆자리로 가서 누웠다.

"혼사 댁 저녁 식사 분위기는 어땠어요?"

어둠 속에서 아내의 목소리가 들려왔다. 아내는 아직

자고 있지 않았던 것이다.

"아주 좋았어. 왜 아직까지 안 잤어? 내가 깨웠나?"

"아니요. 그냥…… 잠이 안 와서요……."

아내가 말을 질질 끌었다.

"왜, 무슨 할 얘기가 있어?"

성환 씨가 어둠 속에서 말했다. 잠시 침묵이 흘렀다. 아내가 손으로 더듬어 그의 손을 꼭 잡았다. 과거 집안에 어려운 일이 있을 때 남편의 이해를 구할 때만 하는 아내의 행동이었다.

"저…… 저…… 오늘부터 옆 동네 빌라에 가서 일 시작했어요."

"무슨 일인데?"

"그 집에 가서 청소도 해주고, 음식도 만들어주고 하는 그런 일이에요."

"뭐야?"

성환 씨는 침대에서 벌떡 상체를 일으켜 세웠다. 그리고 어둠 속에서 아내가 누워 있는 곳으로 시선을 보냈다.

"그 집은 애가 하나 있는데 아주 귀여워요. 젊은 부

부도 아주 좋은 사람이고요. 친구 딸이기도 하지요."

성환 씨는 상체를 침대에 털썩 뉘었다. 기가 막힐 일이었다. 아내가 가사도우미를 한다는 사실이 믿어지지 않았다. 성환 씨는 문득 아들이 제안한 야간 경비직을 자신이 맡기를 두려워할까 봐 아내가 먼저 가사도우미 일을 시작했을지도 모른다는 생각이 들었다.

"건강한 늙은이가 집에 가만히 있으면 뭐해요. 몸을 움직여야 건강을 유지할 수 있어요."

어둠 속에서 아내의 목소리가 다시 들렸다. 잠시 침묵이 흘렀다.

"나도 다음주부터 야간 경비직을 하기로 했어."

성환 씨는 집으로 들어오기 전에 한 결심을 뒤집으며 천장 쪽에 시선을 둔 채 말했다.

"잘 생각했어요. 무슨 일이라도 해야 건강에 더 좋대요."

아내의 목소리가 다시 들려왔다. 정적이 찾아왔다. 그 정적은 한 여인, 가정의 평온을 필사적으로 지키려는 능바우 여인의 무엇보다 강한 의지로 느껴졌다.

"내가 경비직을 맡지 않을까 봐 당신이 빌라 일을 시

작한 거 아니야?"

"아니에요. 전혀 그렇지 않아요."

다시 정적이 찾아왔다.

"야간 경비원에게는 건물 근처에 있는 서민아파트를 무료로 빌려준다고 했어."

"알고 있어요……. 우리 그리로 이사 가요."

"손자새끼들과 떨어져 있으려니 섭섭하군."

"손자들은 가끔씩 보는 것이 더 좋을 거예요."

"당신과 나는 밤낮을 바꿔 일하게 됐잖아. 우리 서로 얼굴 보기도 힘들겠어."

"우리도 가끔 보는 것이 좋아요."

아내의 낮은 웃음소리가 들려왔다.

"혼사 댁 음식은 어땠어요?"

잠시 후 아내가 성환 씨에게 물었다.

"능바우식 배추전과 묵이 아주 좋았어."

"나도 내일 빌라에 가서 배추전과 묵을 해줄까 봐요."

"아주 좋아할 거야."

"정말 그럴까요? 당신은 능바우 남자라 좋아하지만

요새 젊은 사람들이 좋아할까요?"

"능바우 여자들이 만든 진짜 배추전과 묵은 누구나 좋아할 거야."

"나는 진짜 능바우 여자가 아니잖아요?"

"아니, 당신이야말로 진짜 능바우 여자야. 가족을 위해 모든 것을 희생하는……."

"내가 당신한테 그렇게 촌여자로 보여요?"

아내의 낮은 웃음소리가 들려왔다. 아주 젊은 시절에 들었던 장난기 섞인 아내의 웃음소리였다.

"우리는 젊을 때부터 맞벌이 부부였어야 했어. 전업주부로 일생을 보내기에는 당신은 너무 아까웠어."

"아직도 늦지 않았어요. 지금부터 새로 시작하는 거예요. ……우리 이제 시간 나면 영화도 보고 맥주집에도 가요."

"당연히 그래야지."

"그리고 휴가가 주어지면 해외여행도 가요. ……당신은 어디 가고 싶어요?"

"이집트."

"그곳에서 뭘 보고 싶어요?"

“피라미드를. 피라미드는 영원이야. 거대한 영원이야. 어느 시인은 거대함과 절망감이라고 했지.”

“저는 파리에 가고 싶어요. 그곳 루브르 박물관에 가서 느긋하게 낮 하루를 보내고 싶어요.”

“그럼 저녁에는 뭘 할 거야?”

“저녁에는 샹젤리제의 노천카페에서 백포도주에 굴을 먹을 거예요. 그곳을 지나가는 사람들을 바라보면서요. 바쁘게 사는 행복한 사람들을요.”

아내의 말은 잠시 멈춰졌다가 다시 이어졌다.

“물론 내 옆에는 당신이 있겠지요. 당신도 생굴을 아주 좋아하잖아요.”

“한 다즌은 거뜬히 먹을 수 있어.”

“저는 반 다즌은 먹을 수 있어요.”

아내가 성환 씨의 품속으로 파고들었다.

“우리 이제부터 더치페이해요.”

아내의 웃음 섞인 소리가 어둠 속에서 또렷이 들려왔다.

“갑자기 더치페이는 왜?……. 생굴 값 차이 때문에?”

성환 씨는 아내를 품속에 꼭 껴안아주었다.

편집자 주

1) **집성촌(集姓村)**: 같은 성씨의 혈족이 모여사는 마을.(12쪽)

2) **돈세탁**: 부정하게 생긴 돈의 출처를 교묘한 방법으로 가려 정상적으로 벌어들인 깨끗한 돈처럼 보이도록 꾸미는 것을 말한다. 기업의 비자금이나 탈세 등을 통하여 얻은 돈을 다른 계좌에 여러 차례 넣어다 뺐다 하는 수법이 주로 사용된다.(14쪽)

3) **검사역(檢査役)**: 주식회사나 유한회사에서 설립절차 · 업무 · 재산상황 등 법이 규정하는 특정한 사항을 검사하기 위하여 법원 또는 주주총회, 사원총회나 창립총회에 의하여 선임되는 임시 기관을 말한다. 특히 은행에서는 지점장으로 근무 후 명예퇴직한 뒤 재고용되어 총괄적으로 업무를 관리하고 검사 · 지도하는 사람을 일컫는다.(16쪽)

4) **혼주(婚主)**: 혼사를 주재하는 사람으로, 보통 신랑이나 신부의 아버지이다.(20쪽)

5) **항렬(行列)**: 같은 씨족 안에서 상하의 차례를 분명히 하기 위하여 만든 서열이다. 시조로부터 세수가 같은 사람을 형제 또는 동항(同行)이라 하고, 동항의 바로 위 항렬(아버지 세대)을 숙항(叔行), 그 바로 위(조부 세대)를 조항(祖行)이라 한다. 자기 항렬의 바로 아래(아들 세대)는 질항(姪行), 그 바로 아래(손자 세대)는 손항(孫行)이 된다. 이런 관계의 질서를 유지하기 위해 한 조상을 갖는 혈족이 통일된 대동 항렬자를, 또는 각 파에서 정한 항렬자를 쓰기도 한다.(21쪽)

6) **보릿고개**: 지난해 가을에 수확한 양식이 바닥나고, 올해 농사지은 보리는 미처 여물지 않은 5~6월 식량 사정이 매우 어려운 시기를 의미하며, 춘궁기(春窮期)라고도 한다. 대부분의 농민들은 추수 때 걷은 농작물 가운데 소작료 · 빚 · 이자 · 세금 등 여러 종류의 비용을 뗀 다음, 남은 식량을 가지고 초여름 보리수확 때까지 견뎌야 했다. 이 시기 끼니를 해결하는 하나의 음식이 바로 나물죽이었는데, 적은 양의 보리쌀에 냉이 · 취나물 · 쑥 등 봄나물을 가득하게 채워 양을 부풀려 먹었다. 이마저도 힘들 때는 풀뿌리나 나무껍질로 끼니를 때우거나 걸식과 빚으로 연명했으며, 유랑민이 되어 떠돌아다니기도 했다. 일제강점기 때부터 1950년대까지만 해도 보릿고개 때문에 농민들은 큰 어려움을 겪었으나, 경제성장과 함께 농민들의 소득도 늘어나고 생활환경도 나아

짐에 따라서 보릿고개에서 벗어날 수 있었다.(22쪽)

7) 성삼문(成三問): 조선 전기의 문신이자 학자. 세종 때『예기대문언두(禮記大文諺讀)』를 편찬하고 한글 창제를 위해 음운을 연구하였으며, 세종을 도와 훈민정음 반포에 큰 공헌을 했다. 세조가 단종을 몰아내고 왕위에 오르자 단종의 복위를 협의했으나 김질의 밀고로 체포되어 처형되었다. 조선 제일의 충의(忠義)를 지킨 인물로, 목숨을 바쳐 신하의 의리를 지킨 사육신(死六臣) 중의 한 사람이다.(24쪽)

8) IMF: 국제통화기금(International Monetary Fund). IMF는 1947년에 세계무역 안정을 목적으로 설립한 국제금융기구인데, 여기에서처럼 우리나라가 1997년 외환위기로 IMF 구제금융을 받은 것을 줄여서 IMF라고 부르기도 한다. 가맹국의 출자로 만들어진 공동의 기금을 각국이 이용함으로써 외화자금 조달을 원활히 하고, 나아가서는 세계 각국의 경제적 번영을 가져오도록 하는 것을 목적으로 한다. 우리나라는 외환부족으로 인해 채무지불유예(모라토리움)를 선언할 사태에 이르게 되자, 1997년 12월 IMF에 구제금융을 신청함으로써 IMF의 간섭 아래서 재정집행을 해야 하는 상황에 놓였다. IMF가 지원조건으로 제시한 재정 · 금융 긴축과 대외개방, 금융 및 기업의 구조조정, 기업의 투명성 제고 등을 실행하는 과정 속에서 대기업 해외매각, 은행의 자본비율 확대 영향에 따른 중소기업 도산, 대량실업 발생, 명예퇴직 등 한국경제는 큰 변화를 겪었다. 이러한 각고의 노력 끝에 IMF에서 도입한 외채(195억 달러)를 2001년 8월 23일에 완전히 변제함으로써 이 통제에서 벗어나게 되었다.(39쪽)

동백꽃 여인

1.

“정문호 씨는 병실 침대에 누운 채 엄지손가락으로 가운뎃손가락 마지막 마디에 박인 옹이를, 그의 인생에서 가장 총명했던 순간들의 살아 있는 집합체처럼 여겨지는 그것을 조심스럽게 더듬어보면서 엷은 미소를 지었다. 지금으로부터 5년 전, 새천년의 원년에 출간된 마지막 저서 이후 영문학 분야의 집필활동은 거의 중단된 상태였으나, 아직도 강하게 느껴지는 옹이의 흔적이 그를 기분 좋게 했기 때문이다. 그가 오른손을 들어 옹이를 눈으로 확인하려는 순간 창을 통해 들어오는 햇살이 손등을 비춰주었다. 링거 주삿바늘 자국과 피멍이 가득한 손등은 폐암 말기로 죽음을 목전에 둔 예순여덟 살 노인의 손이라 해도 너무 추해 보였다.

병실 문 여는 소리가 들려 시선을 돌리자 방금 나갔던 아내의 모습이 보였다. 자신보다 열두 살 연하인 아내는 그 나이치고도 아주 젊어 보였다. 아내 뒤를 따라 사위가 들어왔다.

"복도에서 어머니를 만났습니다."

성형외과 개업의인 사위는 아내가 침대 옆으로 밀어준 간이의자에 앉으면서 말했다.

"혹시 바쁜데 오라고 한 건 아닌지 모르겠구나."

그가 말했다.

"아니에요. 일요일인데요. 병원도 쉬는 날이잖아요."

"요새 병원 일이 바쁘지?"

"눈코 뜰 새 없이 바빠요. 의사 구하기가 쉽지 않아서요."

"힘들겠구먼……."

"그래도 할 만합니다. ……에미는 오늘 동창회가 있어서 오지 못했어요. 그리고 처남들은 휴가를 내서 내달 중순경에 귀국할 거예요. 오늘 아침에 전화연락을 받았어요."

미국에 있는 두 아들의 귀국은 자신의 죽음이 임박했

음을 증언하고 있었다. 내달 중순경, 두 아들이 귀국한 이후에 임종을 맞았으면 하고 바랐다. 오늘 아침에도 간호사가 링거 주삿바늘을 꽂기 위해 진땀을 빼는 것을 지켜보면서 몸속의 피가 이미 흐르는 것이 아니라 급속히 응고되고 있음을 느꼈다. 오로지 링거액에 섞인 진통제와 마약의 도움으로 자신이 단말마의 고통을 느끼지 못한다는 것을 알고 있었다.

"내가 자네를 볼 날도 많지 않을 걸세."

그가 조용히 말했다.

"아버님, 별말씀을 다 하십니다. 이렇게 젊고 곱고 어지신 어머님한테 극진한 간호를 받으시잖아요. 그러니까 꼭 오래오래 사셔야지요. 어느 재벌도 그러지 못할 겁니다."

"글쎄…… 오래 살 수 있겠나……."

'재벌'을 언급한 사위의 저질스러움이 그를 안타깝게 했다. 그래도 사위는 자신이 죽은 후 집안에서 가장 연장자이고, 본래의 심성은 그렇지 않은데 각박한 직업세계 때문일 거라고 그는 자위했다.

"저는 잠깐 나가 있을게요."

아내가 일부러 자리를 피해주려는 것 같았다. 아내는 언제나, 어디서나 분별 있고 사려 깊은 여자였다. 아내가 여자로서 항상 보여주는 분별은 평생 동안 짊어져 온 책임감을 가볍게 해주었다. 그건 5년 전 사별한 첫 아내에게서는 전혀 느낄 수 없었던 감정이었다.

아내가 병실을 나가자 그는 침대 옆 간이의자에 앉은 사위의 손을 꼭 잡았다.

"혹시 내가 죽더라도, 우리 애들은 모두 착하니까 불미스런 일이 전혀 없겠지만, 그래도 만에 하나라도 애들이 그 사람에게 철없는 언행이라도 한다면 나 대신 잘 타일러주게나. 자네가 제일 맏이니까."

"처남들 성격은 아버님이 잘 아시잖아요? 여느 자식들이 친어머니한테 하는 것 못지않게 잘할 거예요."

사위가 자신 있게 말했다.

"작년에 우리 부부가 미국 가서 기연이, 기호 집에서 각각 1주일 정도 같이 지낸 거 알고 있지? 그때 두 놈이 그 사람을 얼마나 좋아하던지. 미국인 둘째 며느리도 그 사람을 잘 따랐고……. 특히 둘째 놈은 '새어머니와 이렇게 함께 오셔서 너무 보기 좋아요'라고 몇 번이나 얘기하더구나."

"어머님은 누구나 따르고 싶어할 멋진 분이세요."

사위가 웃음 띤 얼굴로 말했다. 잠시 침묵이 흘렀다.

"애들 엄마 1주기 자리에서 자네 처와 두 놈이, 특히 자네 처가 내게 재혼을 권했지. 나는 '내가 재혼하기를 바라는 너희들의 말은 이성에서 나온 것이고, 내가 막상 재혼하면 너희들은 섭섭해할 것이다'라며 거절했어. 그런데 노모의 병세가 악화되어 할 수 없이 재혼한 거고……."

"아주 잘하셨어요. 새어머님이 없었다면 할머니께서 말년에 그렇게 편안하실 수 없었을 거예요."

"나도 놀랐어. 그 사람이 그렇게 정성껏 간호하는 것을 보고……. 그 오물이며…… 그 까다로운 성미를…… 얼굴 한 번 찡그리지 않고 해냈으니……. 그이는 정말로 예수를 제대로 믿는 사람이야."

그는 아내에 대한 고마움 때문에 울컥해지는 마음을 누르며 말을 이어갔다.

"작년에 미국에 애들 보러 갔을 때도, 내 식이요법에 필요한 무거운 생식 가방을 어디 가나 늘 들고 다니고…….”

“생식 가방이요?”

“그래, 생식이 좋다고 해서 싸들고 다녔지. 호텔에 도착하면 상할까 봐 항상 냉동실에 보관하고……. 그 큰 가방을, 그 약한 몸으로…….”

그는 더 이상 참지 못하고 흘러나오는 눈물을 감추고 싶어 사위 반대편으로 고개를 돌렸다.

잠시 후 고개를 다시 돌리고 사위의 손을 꼭 잡았다.

“자네에게 꼭 부탁할 일이 있네.”

“무슨 부탁이신지요?”

“내가 사는 아파트 명의를 지난주 아내 명의로 바꿨네. 아내는 모르는 일이야.”

“네?”

“아내가 여생을 잘 보내려면 꼭 필요한 거야.”

“……네.”

“아이들에게 잘 설명해주게……. 아무 일 없겠지만 그래도 자네가 앞으로 집안의 어른이니까.”

“네, 잘 알겠습니다.”

“그럼, 이만 가보게.”

"마음 편히 가지십시오. 그럼 다시 찾아뵙겠습니다."

사위가 병실을 나간 후 곧이어 아내가 들어왔다. 군중 속에서의 움츠림, 잠자리의 지루함, 지나친 여유가 주는 막막함으로 다가올 거라 생각했던 자신의 은퇴생활을 놀랍게도 여행이 주는 행복감, 기다려지는 어두운 밤, 그리고 느긋한 여유에서 오는 즐거움으로 바뀌게 한 여자, 바로 4년 전에 재혼한 아내였다.

아내는 서랍장 위에 놓인 성경을 집어 들고 침대 옆 간이의자에 앉았다. 그러고는 여느 때와 마찬가지로 정문호 씨의 한쪽 손을 잡고 무릎 위에 성경을 펼쳐놓고 읽기 시작했다.

『구약성서』「예레미야 애가」[1]의 한 구절이 들려왔다. 자신이 처한 고통을 오히려 하나님이 주신 것으로 받아들이라는 의미에서 그 구절을 읽는 듯했다. 정문호 씨 자신은 교수들 사이에서 불교신자협회장을 맡고 있을 정도로 집안 대대로 불교 신자이지만, 독실한 기독교 신자인 아내가 성경 구절 읽는 것을 마다할 생각은 없었다.

"여호와여 보시옵소서. 주께서 누구에게 이같이 행

하셨는지요. 여인들이 어찌 자기 열매 곧 그들이 낳은 아이들을 먹으오며 제사장들과 선지자들이 어찌 주의 성소에서 죽임을 당하오리이까. 늙은이와 젊은이가 다 길바닥에 엎드러졌사오며 내 처녀들과 내 청년들이 칼에 쓰러졌나이다…….”

바빌론의 말발굽 아래 짓밟힌 예루살렘의 참상을 향한 예레미야의 울부짖음은 때때로, 실제로 정문호 씨의 귀에 자신이 마음속으로 울부짖는 비탄의 소리처럼 들려왔다. 그러나 그것은 자신이 처한 고통에 대한 비탄이 아니라 기회 상실로 인한 억울함 때문이었다. 한 여자, 바로 아내가 세월의 흐름을, 세월과 조화를 이루며 모진 풍파를 멋지게 요리하는 것을 옆에서 볼 수 있는 기회를 상실한 데 대한 억울함이었다.

그는 「예레미야 애가」 구절을 읽는 아내의 모습에 시선을 주었다. 4년 전 주위 사람들의 제의로 호텔 커피숍에서 아내를 처음 만났을 때보다 많이 지쳐 보였다. 아내를 처음 보는 순간 놀랍게도 청년 시절처럼 가슴이 두근거렸음이 상기되었다. 그러나 그것은 그의 나이 예순넷, 교수직 정년이 1년 앞으로 다가온 말년의 회의와 끊임없이 교차되고 있었다. 그러나 그가 느낀 두근거림이 결국 회의를 이겨냈다.

"결혼은 5월 전에 했으면 좋겠어요. 나는 내 아내 될 사람에게 연금 혜택을 주고 싶어요."

그 말이 3개월간의 교제 기간이 지난 후 아내를 향한 자신의 유치한 청혼이었음을 정문호 씨는 회상했다. 5월이 바로 그가 정년을 맞는 달이었다.

"그게 얼만데요?"

그것이 자신의 유치한 청혼에 대한 아내의 더욱 유치한 반응이었다. 그로부터 1년이 지난 후 건강했을 때의 마지막 여행에서, 그것이 "너무나 황당한 청혼에 가장 적절한 반응"이었다는 아내의 말을 떠올렸다. 지금은 가세가 많이 기울어졌지만 한때 유복한 집안의 외동딸로 자란 아내의 배경을 생각하면 충분히 이해되는 말이었다. 아내가 던진 질문의 진정한 의도를 알아채지 못하고 그는 답을 했다.

"5월 이후에는 한 달에 230만 원씩 나오는데, 혹여 나중에 내가 죽고 난 다음에 혼자…… 혼자되었을 때는 지금 돈으로 약…… 약…… 180만 원 정도……."

그로서는 만일 그녀를 아내로 맞이할 수 있다면 그가 아내에게 해줄 수 있는 가장 귀중한 선물이었다. 물론 그 외에 그에게는 서울 변두리의 55평짜리 아파트가 있었다. 그러나 적어도 그것의 반 정도는 두 아들과 딸에게 남겨줄 작정이었다.

그는 자신의 재산이 많지 않다고 부끄러움을 느낀 적이 없었다. 부끄럽기는커녕 그것은 집안의 장자로서의 의무를 충실히 수행한 성실성, 학자로서의 긍지와 높은 삶의 질을 의미했다. 두 동생을 공부시켰고, 다른 사람들처럼 비굴하게 미소 지으며 눈먼 돈을 따라다니지도 않았으며, 탐욕 없는 인생을 살았다고 자부하고 있었다. 그에게는 수탉·돼지·뱀으로 상징되는 세 가지 악의 근원, 즉 탐욕과 성냄과 어리석음을 멀리하라는 불교의 가르침이 곧 인생의 나침반이 되어주었다.

2.

"어느 부분을 읽어드릴까요?"

「예레미야 애가」를 다 읽은 아내가 고개를 들고 그에게 말했다.

"「전도서」[2)]의 마지막 부분부터 읽어주구려."

그가 천장으로 시선을 보내며 말했다. 아내가 「전도서」의 마지막 부분을 읽기 시작했다.

"너는 청년의 때에 너의 창조주를 기억하라. 곧 곤고한 날이 이르기 전에, 나는 아무 낙이 없다고 할 해들이 가깝기 전에……. 그런 날에는 집을 지키는 자들이 떨 것이며 힘 있는 자들이 구부러질 것이며 맷돌질 하는 자들이 적으므로 그칠 것이며 창들로 내다보는 자가 어두워질 것이며 길거리 문들이 닫혀질 것이며 맷돌 소리가 적어질 것이며 새의 소리로 말미암아 일어날 것이며 음악하는 여자들은 다 쇠하여질 것이며 또한 그런 자들은 높은 곳을 두려워할 것이며 길에서는 놀랄 것이며 살구나무가 꽃이 필 것이며 메뚜기도 짐이 될 것이며 정욕이 그치리니 이는 사람이 자기의 영원한 집으로 돌아가고 조문객들이 거리로 왕래하게 됨이니라……."

"번역이 잘못되어 뜻이 제대로 전해지지 않는구려.

노년에 대한 가장 훌륭한 문학적 묘사인데…….”

아내가 12장 중간 부분을 읽고 있을 때 그가 말했다.

“「전도서」가 그렇게 문학적인가요?”

아내의 질문에 그가 고개를 끄덕였다.

“「전도서」는 진실을 전하는 위대한 책이고 동시에 위대한 문학서라는 어느 신학자의 말을 읽은 적이 있소. 문학이란 진실을 다루는 거요. 그 진실이 인간에게 득이 되든 해가 되든…….”

그는 잠시 말을 멈추었다.

“그럼, 어떻게 번역해야 되지요?”

아내가 성경을 그에게 내밀었다.

성경의 페이지는 양쪽으로 나뉘어 한쪽에는 한글이, 다른 쪽에는 영문이 인쇄되어 있었다. 아내가 둘이 같이한 첫 번째 생일날 그에게 선물한 것이었다.

“다 기억하고 있소. 오역이라기보다는 아마 신도들이 오해할까 봐 일부러 그렇게 했을 거요. 진실에 접한다는 것은 분명 특혜지만, 준비가 안 된 사람들이 그런 특혜에 너무 자주 접해 위험해지는 것을 우려한 듯싶소. 모든 특혜가 위험하듯이 말이오.”

"그래서 전 세계 목사님들이 성경에서 「전도서」를 가장 적게 인용하는군요. 그럼 옳은 번역은 어떻게 돼요?"

아내의 말에 그는 머릿속에서 그 부분을 정리했다.

"12장 4절 중간부터 5절까지를 직역하면 이렇게 되오. '늙은이들은 새소리에 잠을 깨 일어나게 되지만 새의 노랫소리는 점점 희미하게 들린다. 높은 곳이 두려워지고 거리가 위험하게 느껴진다. 살구나무 꽃이 만발하고 메뚜기가 기어나와도 그들의 성욕은 까딱하지 않는다. 그 다음 그들은 영원의 집으로 가게 되고 그들의 죽음을 조문한 조문객들은 길거리를 쏘다닌다.' 잠이 줄고 청각이 나빠지고 신체 균형도 잡기 어렵고 겁이 많아지고 성욕은 죽는 노년의 비참함을 묘사한 것이오."

그는 눈을 감은 채 말했다.

"어떤 부분이 가장 문학적이에요?"

아내의 목소리가 들려왔다.

"마지막 부분…… 조문객들이 길거리를 쏘다닌다는 부분……."

"왜 문학적이에요?"

"아까도 말했듯이 진실이니까……."

그는 잠시 사이를 두었다가 말을 이어갔다.

"지금으로부터 3천여 년 전에 솔로몬 왕이 조문객들의 위험에 대해서 말한 거요. 사람이 죽으면 조문하러 오는 사람들은 많지만 진실로 애도의 마음을 가진 사람은 드물다는 것을 의미하오. 그건 진실이오. 그러니까…… 그러니까…… 내가……."

"그런 말 하지 마세요."

단호한 목소리와 함께 그의 손을 잡은 아내의 손에 힘이 느껴졌다. 그는 거의 1년 전 폐암 진단을 받았을 때와 반년 전 폐암이 전이되었을 때, 두 차례에 걸쳐 입원하면서 자신의 병간호로 여윌 대로 여윈 아내의 손을 느꼈다.

"적어도 두 아들과 딸 부부는 믿을 수 있을 거요. 다른 사람은 믿지 마오. 기숙이 에미가 죽자 나에게 재혼하라고 재촉한 것은 걔들이지. 더구나 1년 전 돌아가실 때까지 걔들 할머니에게 당신이 한 것을 보고 당신을 친어머니처럼 따르는 것 같소."

"모두 워낙 착한 아이들이지요. 특히 기연이네는 며늘아이도 그렇고 너무나 착한 것 같아요."

"기연이는 장자 노릇을 제대로 못하는 아이지. 집안을 이끌 장자로서는 책임감이 부족하고 너무 나약해. 둘째 놈 기호는 학생 때 사고를 여러 번 치기는 했지만 남자다운 데가 있소. 어쩌다가 미국 여자와 결혼했지만 그곳에서 직장 생활을 잘하고 있으니 할 수 없지. 애가 정 많고 붙임성 있는데……."

"당신이 장자라서 첫째한테 너무 기대를 많이 한 것 같아요. 기대만큼 못 미치니까 실망도 컸을 거고, 그러다 보니 둘째를 편애하게 되고……. 물론 둘째가 누구에게나 호감을 주긴 하지만요. 저는 아직도, 아니 영원히 잊지 못할 거예요. 우리가 미국에 갔을 때 큰애 부부가 두 손녀랑 내 생일 파티 해준 것 말이에요."

"사실 큰놈하고 나는 문제가 많았소. 당신이 오기 전까지는 그놈하고 눈도 마주치기 싫었지. 부자 관계가 원만해진 건 다 당신 덕이오. 지난번 내가 당신에게 준 돈의 반은 당신이 큰애한테 줬다는 거 알고 있소."

"부부가 다 워낙 착한 애들이에요. 당신이 너무 기대

가 커서 마음을 열어주지 않았던 거예요. 큰애가 엇나가지 않은 것만도 참 다행이에요."

"기숙이는 어떻게 당신을 그리 좋아하지? 제 에미한테도 그런 정을 주지 않았던 것 같은데."

"워낙 사교적이고 활달해서 저한테는 친구 같아요."

"그래도 걔가 좀 문제는 있소. 어쩜 그렇게 사치스러운지. 제 남편이 성형외과 의사라 수입은 많다고 하지만, 그래도 그렇지. 김 서방이 한 달에 생활비를 5백만 원이나 주는데도 카드값은 따로 갚아줘야 한다니……."

"당신은 참 운이 좋은 사람이에요. 어쩜 그렇게 사위도 착한 사람을 얻을 수 있어요."

"김 서방은 여하튼 집안의 어른이오. 기연이와 기호도 김 서방 말은 잘 들을 거요. 내가 죽은 후라도…… 무슨 일이 있으면 김 서방과 의논해요."

"당신은 죽지 않아요."

울컥하는 감정을 누르는 듯 힘 주어 말하는 아내의 목소리가 들려왔다. 가슴속으로 울음을 삼키고 있을 아내가 가여워졌다. 그는 속으로 아내에게 말했다.

'아니야. 죽지 않는 것이 아니야. 누구나 한 번은 당해야 하는 것이 죽음이야. 내가 두려워하는 것은 죽음이 아니야. 내가 죽은 후 당신 혼자 남겨지는 걸 두려워하는 거야.'

아내는 아무 말 없이 그의 손을 더 꼭 잡아주었다.

"「욥기」[3]를 읽어드릴게요."

잠시 후 조금 차분해진 아내의 목소리가 들려왔다.

"아니, 읽지 말아요. 당신이 왜 「욥기」를 읽어주려는지 알아요. 내가 하나님을 원망할까 봐 그러는 줄 알고 있소. 하지만 나는 하나님도, 부처님도 원망하지 않소. '카르마'를 믿기 때문이오. '카르마'란 전생에 지은 업(業)으로 현세에서 인간의 운명이 정해진다는 뜻이지. 원래 힌두교나 불교에서 유래된 사상이지만, 사실은 고대 그리스 시대부터 서양에서도 널리 퍼진 철학관이었소. 기원후 6세기 기독교 교리에 위배된다고 금지시키기까지는 그랬지."

"위대한 조각품을 만들기 위해 끌로 쳐내야 하듯이, 인간의 고통은 업보가 아니고 인간에게 더 보람 있게 사는 법을 가르쳐주기 위한 거예요. 카르마는 감옥과 같잖아요. 전생이 만들어준 감옥에 갇혀 현재를 살아야 하잖아요."

"유익한 감옥 생활을 할 수도 있소. 내세를 위해서는……."

"내세는 하나님께 맡기세요."

"당신도 카르마를 믿으면 좋겠소. 나는 청년 시절 카르마를 믿고부터 두 가지를 얻을 수 있었소."

"그게 뭐예요?"

"마음의 완전한 평온과 두려움의 극복이오."

"어떻게요?"

"다른 사람의 성공이 불공평하다는 마음을 버릴 수 있었고, 현세의 운명이 정해진 이상 겁 없이 살 수 있었소. 지금도 나는 조금도 두렵지 않소."

그는 행여 그의 와병이 자신과의 결합 때문일지도 모른다는 생각을 아내가 품고 있을지 몰라 카르마를 화제로 삼은 것이었다. 그러나 자신이 겁 없이 살았다는 것은 전혀 사실이 아니었다. 첫 아내가 등산 도중 심장마비로 갑작스레 세상을 등진 후부터 겁이 나기 시작했다. 그 겁은 나이 차 많은 지금의 아내와 재혼한 이

후에도 사라지지 않았으며, 폐암 선고를 받은 후에는 더욱 많아졌다. 다가올 죽음 때문이 아니라 혼자 남게 될 새아내 때문이었다.

아내가 「마태복음」[4]의 '산상수훈'[5] 부분을 읽기 시작했다. 예수의 '산상수훈'이 불교의 교리와 다를 바 없다고 자신이 말한 이후 아내는 그것을 즐겨 읽어주었다.

아내를 위해 생각나는 대로 할 일은 했으나 그래도 뭔가 꼭 해야 할 일이 남아 있는 것 같아 조바심을 떨쳐버릴 수 없었다. 아파트는 결혼하고 반년 후에 55평짜리를 팔아 38평짜리로 옮기고 그 차액을 딸과 두 아들에게 나누어주었다. 38평짜리 아파트는 지난주 친구를 시켜 아내 몰래 아내 앞으로 증여해놓았고 사위에게 그 사실을 알려주었으므로, 자신의 사후에 아내가 살 집은 마련된 셈이었다. 자식들에게 아직까지 얘기는 하지 않았지만 아파트의 명의를 아내 앞으로 했다고 해서, 심성이 고울 뿐만 아니라 세 아이 모두 경제사정이 나쁜 것도 아니었기 때문에 섭섭해하지 않을 거라고 그는 생각했다.

또한 자신의 시신을 교수로 재직했던 종합대학의 병

원에 기증하는 문제는 이미 병원과 법적인 절차를 끝냈으므로 그대로 진행될 수 있으리라 믿었다. 한 가지 아내가 "그게 얼만데요?"라고 물은 적이 있는 연금 문제인데, 아내를 동사무소에 데려가서 서류 떼는 것을 하나하나 실습시키고, 지역 연금공단 사무실에 가서 공단 관계자들과 인사까지 나누게 했으며, 동네에 있는 은행 지점에 데리고 가 지점장과 인사를 시켰으니 별문제가 없을 것이다. 얼마 안 되는 액수이긴 하지만 예금통장 명의도 아내와 공동으로 해놓았으므로 그것도 걱정 없을 듯했다. 그러나 자신이 죽은 후 아내가 재혼을 하면 연금 혜택을 받을 수 없다는 사실은 알려준 적이 없었다. 그것이 마음에 걸렸다. 특히 언젠가 동사무소를 나오면서 자신이 아내에게 한 말이 마음에 걸렸다.

"여보!"

'산상수훈'을 읽고 있는 아내 쪽으로 고개를 돌리면서 아내를 불렀다. 아내가 시선을 보내자 그가 미소 지어 보였다. 그는 아내의 마음이 가벼워지기를 기다렸다.

"여보, 내가 지난번 동사무소에서 나오면서 한 말 기억하지?"

그가 아내에게 물었다. 아내의 얼굴에 미소가 떠올랐다. 그 모습, 바로 그 모습이 그가 허약해진 폐로나마 숨쉬기를 계속하고 싶은 이유였다.

"저한테 '안 되겠다. 영감 하나 얻어라'고 한 거요?"

아마도 아내가 동사무소 일을 잘 이해하지 못한다고 자신이 농담으로 한 말을 떠올리며 미소 속에 말했다.

"농담으로 들었겠지만 재혼하면 연금 혜택이 끝난다는 건 물론 알고 있겠지?"

아내가 그를 잡은 손에 힘을 주며 고개를 끄덕였다. 아내가 다시 성경을 들었다.

"언젠가 당신에게 묻고 싶었는데…… 어떤 동기로 그렇게 독실한 기독교 신자가 되었소? 당신 집안은 원래 기독교가 아닌 것 같은데……."

"첫 결혼에 실패하고 혼자서 미국에 갔을 때였어요. 얼마 후에 전남편에게 맡긴 두 아이가 너무너무 보고 싶어 견딜 수 없었어요. 당장 숨이 멎을 것 같았지요. 그래서 집을 나와 무턱대고 거리를 걷다가 첫 번째 마주친 교회에 들어갔지요. 그때부터 하나님께 의지하는 삶이 시작된 거예요."

그는 고개를 끄덕였다. 아내의 심정을 충분히 이해할 수 있었기 때문이다. 아내는 남달리 정이 많은 여자였다. 그가 자기 옆에 앉아 있을 때만 해도 언제나 손을 잡거나 몸을 기댔다.

재혼하기 전 어느 날 대구에서 올라오는 야간열차 안에서 자기 몸에 기대어 잠들었던 아내의 모습이 떠올랐다. 아내의 아버지를 처음으로 뵙고 난 후 서울로 올라오는 길이었다.

"두 사람이 종교가 다른데 그건 어떻게 할 건가?"

처음 만난 아내의 아버지가 던진 질문이었다.

"서로의 종교를 존중해주기로 했습니다."

"정 교수, 자네에게 모든 걸 잘 부탁하네."

아내의 아버지가 헤어지기 전에 건넨 그 말은 그들 두 사람을 벌써 한몸으로 느끼게 하기에 충분했다.

그는 달리는 기차 안에서 자기에게 기대어 곤히 잠든 여인의 얼굴을 바라보았다. 53년의 세월 동안 어떤 세파도 그녀만은 피해간 듯 그 얼굴에는 순수함이 그대로 묻어 있었다. 그러나 평범한 여자의 그것보다 훨씬 큰 몫의 세파가 그녀를 휩쓸고 갔다는 것을 그는 잘 알고 있었다. 그러나 앞으로 더 험한 세파가 들이닥쳐도 그녀의 얼굴에는 어떠한 자국도 남기지 못하리라는 것 역시 잘 알고 있었다. 그것의 산증인이 될 수 있다는 생각에 첫 아내와 사별한 후 처음으로 행복을 느꼈다.

그는 자신의 어깨에 기대어 잠든 아내의 숨쉬는 공기를 자신의 입술로 맞고 싶었다. 아내의 얼굴 쪽으로 고개를 돌리자 숨소리가 잠시 멎는 듯하더니 그 입술이 정문호 씨의 입술에 와 닿았다. 그것이 첫 번째 입맞춤이었다. 그 입맞춤은 마치 사라져가는 생명을 인공호흡으로 살리듯 그에게 젊음의 활기를 불어넣어 주었다.

그리고 3개월 뒤, 결혼은 5월 전에 했으면 좋겠어요. 나는 내 아내 될 사람에게 연금 혜택을 주고 싶어요, 라는 유치한 청혼이 양평의 어느 카페에 앉아 있는 그의 입에서 튀어나왔고 그때, 어이없어하는 표정 속에 그게 얼만데요?, 라는 아내의 반응은 결국 거절을 의미했다. 나 때문에 시간 낭비, 정신 소모 하지 마세요. 그 연금이란 것 때문에 확신도 서지 않은 결혼을 할 수는 없어요!, 라고 덧붙이는 아내의 입술 언저리를 보는 순간 한때 그에게 젊음과 활력을 불어넣어 주었던 입축된 공기가 그의 몸에서 빠져나가는 것을 느꼈다. 그에게서 영원히 떠나 곧 대기에 흩어질 공기를 그는 공중으로 치솟아 움켜잡고 싶었다. 그러면 당신 마음이 바뀔 때까지 언제까지라도 기다리겠소, 라고 보이지 않는 손으로 허공을 휘저으면서 그가 말했다.

"여보!"

그는 고개를 돌려 아내를 불렀다. 아내가 '산상수훈'의 마지막 부분을 읽다가 시선을 주었다.

"당신이 언젠가 이런 말 한 적 있지? 내가 '언제까지라도 기다리겠다'고 말했을 때 나에게 처음으로 사랑을 느꼈다고……."

"그래요. 그때였어요."

"그리고 그 말을 할 때 내가 눈물을 흘려서 당신이 마음을 바꾸었다고 했지?"

"그랬어요. 당신은 어떤 남자보다 감성적인 사람이에요."

"여보, 내가 영문학자가 되지 않았다면 화가가 되었을 거라고 했지?"

"그랬어요. 어쩌면 괜찮은 화가가 됐을지 몰라요."

"평생 동안 찾아 헤매던 명화를 손에 거의 넣었다가 영원히 놓친 기분이었소. 그래서 나도 모르게 눈물을 흘렸던 거요."

그들 사이에 잠시 침묵이 흘렀다.

"내가 가장 미웠을 때는 언제였소?"

아내가 그에게 의아히 여기는 시선을 보냈다. 그가 아내의 시선을 미소로 맞자 아내의 표정도 미소로 바뀌었다.

"당신이 기숙이 어머니 사진과 제 사진을 당신 지갑에 나란히 넣고 다니는 것을 봤을 때였어요. 주유소에서 당신이 지갑 꺼낼 때 우연히 봤지요. 당신은 그때 제가 왜 뾰로통해 있는지 이해하지 못했어요. 그래서 제가 제 사진을 빼라고 했지요."

"그래서 결국 기숙이 엄마 사진을 빼버렸지……. 그때보다 내가 더 미운 때가 있었을 거요. 잘 생각해봐요."

"아니, 그때 말고는 없었어요."

"1년 전 첫 수술을 받은 때였지. 당신이 내 침대 옆에서 말했지. '사람이 할 수 있는 최선은 다했으니, 보이지는 않지만 하나님을 믿고 의지해보세요. 마음이 훨씬 편해질 거예요.' 그때 내가 무슨 말을 했는지 기억하고 있소?"

그는 아내의 시선을 찾았다. 아내가 그의 시선을 피해 고개를 아래로 떨구었다. 그때 아내에게 영원히 각인될 만한, 어느 매서운 손바닥 자국보다 더 선명하게 각인될 모진 말을 남겼다. '당신은 당신이 믿는 하나님을 믿으면 됐지, 내게 자꾸 강요하지 마시오. 나는 차라리 죽은 기숙이 엄마에게 비는 것이 훨씬 편하오'라는 그의 말은 아내의 가슴에 깊은 상처를 남겼을 것이다. 한 여자로서 지녀야 할 최소한의 자존심을 늦게나마, 영원히 헤어지기 전에 어떻게 되찾아줄 수 있을까?

"내가 그때 기숙이 엄마 얘기를 꺼낸 것은 순간적으로 미쳤기 때문이었소. 불치의 병을 선고받으면 인간은 '부정 · 분노 · 타협 · 우울 · 인정'…… 이 다섯 단계를 거쳐야 한다고 어느 서양 철학자가 주장했소. 그때 나는 두 번째 단계, 분노에 차 있었소. 분노란 그렇게 무서운 거요. 순간적으로 미쳐버리는 거요. 내가 그 말을 했을 때는 미쳐 있었소."

아내가 그를 힘주어 껴안았다. 아내의 품속에서, 그는 그것이 진실이라고 되뇌었다.

"당신이 그 말을 한 순간부터 지금까지 한순간도 당신이 그 말을 진심으로 했다고 믿은 적이 없어요."

"내가 그 말을 했을 때 당신은 일어나 병실에서 조용히 나갔지. 밖에서 당신이 흐느끼고 있다는 걸 느낄 수 있었소. 그 순간 나는 깨달았소. 당신을 너무나 사랑하고 있다고……. 세상 어느 누구보다도 당신을 더 사랑하고 있다고……."

아내가 자리에서 일어나 병실 안의 화장실에 들어갔다. 그에게 눈물을 보이지 않기 위해서라는 것을 알아챘다. 그만큼 아내는 품위를 지닌 여자였다. 아내의 품위와 그의 품위는 달랐다. 아내의 품위가 여자로서 타고난 것이라면 자신의 품위는 노력에 의해 생긴 것이었다. 그러한 아내의 품위가 손상되지 않도록 최소한의 경제적 여건을 마련해주는 것이 자신이 할 수 있는 마지막이자 유일한 일이었다. 38평짜리 아파트, 한 달에 180만 원 정도 되는 연금, 그림 서너 점, 기천만

원이 되는 예금, 그리고 자신의 저서에서 나오는 인세……. 그것이 그가 아내에게 남길 수 있는 전부지만, 아내의 희생에 대해서는 너무나 하찮은 보상이었다. 더구나 한 여자로서 아내가 겪은 고통에 비한다면 아무것도 아니었다. 아내에게는 경제적으로나마 좀 더 나은 여생을 향유할 권리가 있었다.

대구에서 직물공장을 하는 아버지 밑에서 자란 아내는 또 다른 직물공장을 하는 남자에게 시집을 갔다. 그런데 직물공장이 외도라는 유전자를 가지고 있기라도 한 듯 남편은 아내 아버지의 젊은 시절과 너무나 닮아 있었다. 아내가 결코 받아들일 수 없었던 것은 대를 이은 여인의 운명이었다. 남매를 두고서도 주색에 빠진 남편과의 이혼은 그녀를 타국만리 미국에 홀로 떨어뜨려놓았다.

그리고 그곳에서, 전남편에게 맡겨둔 남매가 못 견디도록 그리워 찾아간 교회에서 한 남자를 만났다. 교회 장로인 음대 교수와의 오랜 교제는 재혼으로 연결되지 못했다. 미국에 와서 같이 살게 된 딸 승순의 반대 때문이었다. '나와 남자 둘 중 하나를 택하라'는 딸의 요구에 결국 딸을 택했던 것이었다.

그리고 귀국 후 아들 부부와 손자와 함께 시작한, 편안했어야 할 그녀의 말년은 어느 날 산산조각이 나버렸다. 그날 그 누구도 아니고 바로 자신이 낳은 아들의 눈에서 아내는 세상에서 가장 험악한 남자의 눈빛을 보았던 것이다.

그날 새벽 세 살 난 손자가 잠에서 깨어나 구토와 함께 숨넘어갈 듯이 울어댔다. 병원 응급실로 가는 차 안에서 아내는 전날 아침에 손자를 돌보다가 아이가 뒤로 넘어져 머리를 박은 일이 떠올랐다. 손자의 구토증이 뇌진탕 후유증이라고 짐작한 아내는 그 사실을 아들에게 말했다. 아내에게는 차 뒷좌석에 앉아 흐느끼면서 기도하는 수밖에는 다른 도리가 없었다. 차를 몰던 아들이 "시끄러워요. 그만 좀 조용히 해요"라고 소리친 후 다시 뒤돌아보며 "애를 다치게 하면 어떡해요?"라고 힐책하는 순간 아내는 아들의 눈빛을 보았다. 그것은 아내가 본 어떤 눈빛보다 차가운 것이었다.

병원 진단 결과 아들 부부가 전날 저녁때 탕수육을 먹다가 아이에게 몇 점 건넨 것이 원인이었음이 밝혀

졌다. 아들이 사과했지만 아내의 뇌리에 남겨진 그 험악한 눈빛은 결코 지워지지 않았다. 그래서 아들의 집에서 나오기 위해 재혼을 결심한 거라고 아내가 그에게 솔직히 고백한 적이 있었다.

화장실 문 여는 소리에 정문호 씨는 회상에서 깨어났다. 아내가 침대 옆 간이의자에 앉아 성경을 펼쳐들었다.

"보통 사람 같으면 삼일장을 치른 후 영구차에 실려 묘지나 화장터에 가겠지만 내 경우는 다를 거요. 내 시신은 영구차 대신 대학병원 앰뷸런스에 실릴 거요. 내 시신을 대학병원에 기증했기 때문이오."

"당신은 아직 죽지 않아요. 지금 그런 말씀 하지 마세요."

"언제 말하든 한 번은 말해야 되니 지금 말하는 것이오. 잘 들어두오."

아내가 울컥 터져 나오는 울음을 참는 듯 손을 자신의 입으로 가져갔다.

"앰뷸런스가 떠난 다음 아이들을 모두 데리고 집으로 가요. 그곳에 내 영정을 차려 두고 그 앞에서……."

그는 베개 밑에서 흰 봉투를 꺼냈다. 그러고는 겉에 유언장이라고 씌어진 그 봉투를 아내 쪽으로 내밀었다.

"기연이에게 내 유언장을 읽도록 해요. 당신이 받아 적다가 만 것에 엊저녁 겨우 덧붙였소. 힘이 없어 몇 자 적지도 못했소. 꼭 아이들 모인 데서 읽어야 해요. 당신과 가족 모두 있는 데서……."

아내가 일어나 그의 몸을 감싸 안았다. 낙화 후에도 여전히 아름다운, 아니 전보다 더욱 아름다운 동백꽃…… 그 동백꽃을 가슴속에 품고 있는 여자가 바로 아내였다.

"당신은 동백꽃과 같은 여자요. 낙화가 더 아름답듯이 당신은 내가 죽은 후 더 아름다운 삶을 살 거요."

"당신은 죽지 않아요."

아내가 그를 안은 팔에 힘을 주었다.

"아니, 죽게 되어 있소."

"그렇다면…… 그렇다면…… 다른 부부가 1년 사는 것을 우리는 하루에 살아야 해요. 우리는 그렇게 할 수 있어요."

그는 아내의 말에 고개를 끄덕이며 아내의 뺨에 입술

을 댔다. 아내의 따스한 체취가 느껴졌다. 그 체취만은 언제까지라도 놓치고 싶지 않았다.

3.

홍숙진이라 불리는 여인의 체취를 정문호 씨가 언제까지 간직할 수 있었는지는 아무도 정확히 알 수 없으나, 기껏해야 한 달을 넘기지 못했다. 그로부터 한 달 후 정문호 씨는 숨을 거두었고, 그 한 달의 대부분을 정문호 씨는 고통을 잊게 해준 마약성 진통제로 인해 몽롱한 상태에서 지냈다.

그러나 그 한 달은 홍숙진 여사에게 더없이 귀중한 시간이었다. 그 한 달의 첫날 홍숙진 여사가 "다른 부부가 1년 사는 것을 우리는 하루에 살아야 해요"라고 남편의 귀에 속삭였듯이, 실제로 그 순간부터 홍숙진 여사는 남편과 둘만의 하루하루를 다른 부부의 1년처럼 보냈다. 비록 침대와 침대 밑에서 끌어낼 수 있는 간이침대, 그리고 두 개의 의자가 있는 병실에서만 보낸 하루였지만, 여느 부부가 1년 동안 공유한 친밀감을 느꼈다고 자부할 수 있었다. 홍숙진 여사에게 그 친밀감은 수다스러운 행동이나 외향적 표출이 아닌 살갗의 우연한 접촉, 순간적인 눈길의 마주침, 불규칙한 숨소리의 울림, 세밀한 보살핌 등에서 비롯되었다. 그리고 무엇보다 좁고 한정된 공간은 그처럼 진하디진한 친밀감이 우러나오는 근간이 되어주었다.

하지만 홍숙진 여사에게 그 한 달은 동시에 시련의 시기이기도 했다. 산소호흡기로 가쁜 숨을 내쉬는 남편의 모습을 보아야 하는 괴로움, 두 사람만 향유하고 싶은 친밀감을 산산조각 내는 문병객들의 끊이지 않는 발길, 위안보다는 번거로움에 가까운 문병객들의 변화 없는 위로의 말, 감정을 숨겨야 하는 고통, 같은 설명이나 말을 되풀이해야 하는 고역……. 그 한 달 동안 홍숙진 여사가 속으로 간절히 바랐던 것은 '제발, 제발, 우리 두 사람의 삶을 그대로 내버려두세요……. 우리는 다른 부부의 1년을 하루에 살아야 하는 사람들이에요'였다.

4.

화창한 어느 봄날, 홍숙진 여사는 남편 정문호 씨의 시신이 대학병원에서 보낸 앰뷸런스에 실리는 것을 보고 있었다. 자신의 시신을 대학병원에 기증하기로 한 남편의 결정은 그가 평생 동안 지켜왔던 신조의 가장 극적인 표현이라는 생각이 들자 그녀의 마음은 한결 가벼워졌다. 맏이인 딸이 앰뷸런스에 매달리며 오열했고, 그런 그녀의 어깨를 사위가 감싸안으며 위로했다. 큰아들 부부는 고개를 숙인 채였고 큰며느리는 눈시울을 적시고 있었다. 둘째 아들은 혼자서 침울한 표정을 짓고 있었고, 그 옆에는 홍숙진 여사가 전남편과의 사이에서 낳은 아들인 승국이 서 있었다. 딸 승순은 미국에 살고 있어 오지 못했다.

그들을 둘러보던 홍숙진 여사는 순간 섬뜩한 느낌이 들었다. 빈소를 지키는 동안 큰며느리를 제외한 남편의 자식들이 왠지 모르게 자신의 시선을 피하는 것 같았고, 벌써부터 거리가 벌어짐을 느꼈다. 홍숙진 여사는 남편이 살아 있을 때보다 가족을 더 화목하게 만들겠다고 남편에게 마음속으로 약속했다.

마침내 시동이 걸리고 앰뷸런스가 움직이기 시작하였다. 홍숙진 여사는 자신도 모르게 앰뷸런스가 떠나는 쪽으로 두 발자국 옮기다가 멈칫했다. 그녀는 속으로 남편에게 말했다. '여보, 당신의 사랑에 감사했어요. 저에게 준 가장 큰 선물이에요. 애들과도 잘 지낼게요. 마음 편히 떠나세요.'

그 말과 함께 앰뷸런스의 뒷모습은 그녀의 시야에서 사라졌다.

"어머니, 저희와 함께 집으로 가시지요."

큰아들 부부가 그녀에게 다가와 말했다.

"아니다. 너희들 먼저 집으로 가 아버지 영정으로 간단하게 빈소를 마련해놓아라. 나는 병원 빈소에 가서 챙길 물건도 있으니 좀 있다가 가겠다."

그녀가 말했다.

"저희들도 같이 있다가 어머니 모시고 갈게요."

큰며느리가 말했다.

"아니다. 승국이가 데려다줄 거야."

그녀는 전남편의 아들 쪽으로 시선을 보내며 말했다.

"알았어요. 그럼 저희들은 먼저 가 있을게요."

딸 부부와 큰아들 부부, 그리고 둘째 아들이 그녀에게서 멀어지자 승국이 그녀에게 다가왔다.

"어머니, 조용히 드릴 말씀이 있어요."

아들이 말했다.

"무슨 말인지 모르겠지만 내 걱정은 하지 말아라. 이왕 떠나야 할 몸, 빨리 떠난 것이 고인에게는 오히려 좋은 일일 거다."

홍숙진 여사가 빈소 쪽으로 발걸음을 옮기자 아들이 뒤따랐다. 빈소 앞에 다다른 그녀는 뒤에 있는 아들을 돌아보았다.

"빈소에 잠시 혼자 있고 싶다."

그녀의 말에 아들이 고개를 끄덕였다.

홍 여사는 불 꺼진 빈소에 들어섰다. 조금 전 남편의 영정이 놓여 있던 곳에 시선을 보냈다. 그리고 아들 형제가 지난 3일 동안 그 많은 문상객을 맞이하며 서 있던 곳에 가서 한쪽 무릎을 괴고 앉았다.

3년이라는 짧다면 아주 짧은 세월을 같이 보냈지만, 게다가 1년은 한쪽의 투병 생활이었지만, 서로가 서로를 잘 이해하며 살았다고 자신했다. 그리고 투병 생활은 비록 남편에게는 혹독한 것이었겠지만, 그녀에게는 자신의 고마움을 행동으로 표현할 수 있는 귀중한 기회였다.

'무엇에 대한 고마움인지 아세요?'

그녀는 컴컴한 빈소 안 남편의 영정이 있던 곳에 시선을 주며 마치 남편에게 질문을 던지듯 속으로 물어보았다.

'당신의 탐험정신이었어요.'

그녀는 자신의 질문에 속으로 답했다.

'어떤 탐험정신이었냐구요? 제 자신이 이름조차 붙일 수 없는 제 자신의 구석구석까지 그냥 지나치지 않은 당신의 철저한, 그러나 감미로운 탐험정신이었어요. 당신은 어둠 속에서 이렇게 말했지요. 교수가 이렇게 야할 줄 몰랐지! 그래요. 저는 몰랐어요. 직업이야 어떻든 세상 어떤 남자도 당신 같을 줄은 몰랐어요. 그리고 격정의 순간이 지난 다음에도 그 달콤한 행복감이 내 마음속에서 세월의 흐름을 이겨낼 말을 남겼지요. 그 말이 무엇이었는지 기억하세요? 당신 몸은 보존할 가치가 있어. 그 나이에 그런 몸이라면……. 당신이 침대에 누워서 잠들기 전 혼잣말처럼 했던 말이에요. 그 다음날 세상에 태어나서 처음으로 거울에 비친 제 나신을 보았어요. 그리고 저 자신에게 말했어요. 보존할 가치가 있다고 했으니 보존하도록 노력해야지……, 라고요. 확실히 기억나진 않지만 아마 첫 결혼에 실패한 다음부터 더욱 거울 보기를 싫어하던 나에게, 그건 너무나 갑작스럽고 놀라운 변화였어요. 그러나 저는 그 변화를 환영했어요. 뒤이어 찾아온 것은 제 생애 처음으로 경험하는 자신감과 느긋함이었어요. 당신은 그것을 여자의 품위라고 했어요. 아주 귀한 것이라고요. 그러나 그 품위는 당신이 저에게 준 것이에요.'

그녀의 입가에 살며시 미소가 번졌다.

'그리고 당신은 저를 데리고 정년퇴직한 친구들 부부와 함께 여행하기를 좋아했지요. 이 세상 전부에게 여자의 품위를 보여줄 의무라도 있는 듯 당신은 기회만 있으면 저를 데리고 여행을 했지요. 그런 여행 중 한 곳에서, 아마 기차역이었을 거예요. 그때 우리가 탈 기차의 플랫폼을 잘못 찾았지요. 당신과 당신 친구가 맞다고 했지만 제가 아니라고 우겼지요. 기차가 떠날 시간이 임박해서 저는 여행 가방을 들고 무조건 다른 쪽 플랫폼으로 달려갔지요. 당신과 당신 친구 부부가 하는 수 없이 뒤따라왔고요. 막 떠나는 기차에 올라타 자리를 잡은 후 기차가 로마 교외를 지나치고 있었을 때였어요. 당신은 정말로 똑똑한 여자야, 라고 혼잣말처럼 당신이 그랬어요. 그때부터 당신은 가끔 제 말에 귀를 기울일 때도 있었지요. 그러나 저는 특별한 주장을 하지 않았지요. 한 달 전까지는요. 한 달 전 제가 이런 말을 했지요. 다른 부부가 1년 사는 것을 우리는 하루에 살 수 있다고요. 당신은 제 말에 고개를 끄덕였어요. 그래요. 그래서 그 순간부터만 따져도 우리는 30년을 같이 산 거예요!'

홍숙진 여사는 무릎을 괴고 앉아 있던 자리에서 천천히 일어났다. 그녀는 남편의 영정이 있던 곳으로 다가가 마음속으로 속삭이기 시작했다.

'마지막으로 당신에게 약속할 것이 있어요. 당신이 보존할 가치가 있다고 했던 그 몸은 아주 유용하게 쓰일 거예요. 1년 전 당신 어머니를 보내면서, 그리고 오늘 당신을 보내면서 한 가지 느낀 것이 있어요. 종말이 선고된 삶의 나머지를 가치 있게 보내는 것이 무엇보다 중요하다는 확신이 들었어요. 그리고 저는 이제 그렇게 할 자신이 있어요. 사람들은 그런 일 하는 이들을 호스피스라고 하지요. 당신도 봤잖아요. 제가 어머니를 봐드릴 때 말이에요. 처음에는 제 온몸에 어머님 오물을 묻혔지만, 곧 힘들이지 않고 말끔히 치워드렸던 것을요. 그때 당신은 제게 말했지요. '당신은 예수를 제대로 믿는 사람이야'라고요. 그리고 그 말을 주위 사람들에게 지나가는 말처럼 하곤 했지요. 어떤 사랑의 말보다 더 향긋하게 들렸던 당신의 그 말은 저에게 둘도 없는 천직을 찾아주었어요. 이제 바로 그 천직에 봉사하며 살기로 작정했어요. 하나님께서 제 옆에 계셔서 그 일을 하는 저를 지켜주실 거예요.'

잠시 사이를 두었다가 그녀는 마음속으로 말을 이어갔다.

'생의 마지막 단계에서, 그들이 겪는 육체적 고통 때문에 과거에 생이 주었던 모든 기쁨을 망각하게 되고 가장 사랑하는 사람들에게 가장 잔인한 고통을 주는

악역을 함으로써, 애초에 자신이 세상에 태어난 것조차 후회하면서 인생을 마감해야 하는 사람들이 있다는 것을 당신은 아시지요? 그리고 바로 그들이 저의 도움을 가장 필요로 하는 사람들이라는 것도 당신은 알고 있을 거예요. 이제 제가 할 일을 찾았으니 당신은 걱정 말고 편히 가세요.'

그 말을 끝으로 홍숙진 여사는 한쪽 구석에 있던 짐보따리를 들고 빈소를 나왔다. 그러곤 빈소 앞 복도 한쪽에서 기다리고 있는 아들 승국에게 들고 있던 짐 보따리를 건네주었다. 모자는 영안실 건물을 나와 주차장으로 향했다.

5.

그들 모자가 탄 차가 올림픽대로를 달리고 있었다. 홍숙진 여사는 눈부시게 내리쬐는 봄볕이 녹아든 한강 수면에 시선을 주고 있었다. 갑자기 '내 아내 될 사람에게 연금 혜택을 주고 싶어요'라는 남편의 청혼이 떠올랐다. 그리고 '교수가 이렇게 야할 줄 몰랐지'라는 남편의 말이 들려왔다. 남편은 가장 심각하고 가장 심오한 순간에 천진함과 순수함을 항상 보여주었고, 그것이 둘만의 시간을 보낼 때 드러나는 남편의 참모습이었다. 홍 여사는 알고 있었다. 바로 그 모습을 떠올리면서 아침을 맞이할 줄 모르는 긴긴 밤을 미소 속에 보낼 수 있으리라는 것을.

"어머니, 조용히 드릴 말씀이 있다고 했지요."

홍 여사는 사념에서 깨어나 운전을 하고 있는 아들에게 시선을 보냈다.

"좀 듣기 거북하시더라도 신중하게 들어주세요."

아들은 심각한 표정으로 앞만 보며 말했다.

"엊저녁 김 박사와 영안실 복도에서 이야기를 나누었어요."

김 박사라면 성형외과를 하는 사위였다. 홍 여사는 아들에게 시선을 준 채 아무 말도 하지 않았다.

"어머니가 사는 아파트를…… 가압류[6]……하겠다더군요."

아들이 멈칫거리며 간신히 말했다.

"가압류가 뭐야?"

홍 여사의 질문에 아들은 꽤 긴 설명을 했다. 법률적인 이해까지는 아니더라도 그것이 무엇을 뜻하는지는 이해가 갔다. 그것은 남편의 딸과 두 아들이 홍 여사의 이름으로 소유권이 등기된, 남편과 함께 살던 아파트에 대해 공동 소유권을 행사하겠다는 말이었다. 아들의 설명이 끝나자 홍 여사는 뛰는 가슴을 억누르기 위해 왼쪽 가슴에 손바닥을 대고 상체를 숙였다.

"그래서 오늘 아침 이곳으로 오기 전 변호사인 친구 아버지를 만나뵙고 의논해봤어요. 정 교수님이 큰 아파트를 팔아 나누어주었기 때문에 가압류는 법적으로 효력이 없을 거라는 확답을 주셨어요."

아들의 말이 홍 여사에게는 먼 곳에서 들려오는 소리처럼 희미하게 들렸다. 그 순간 홍 여사의 눈앞에는 빈소에서 조문객을 맞은 지난 사흘 동안의 일이 주마등처럼 흘러갔다. 한 장면 한 장면 흘러가면서 홍 여사는 숨이 멎을 듯한 고통을 느꼈다. 홍 여사 자신의 시선을 애써 피하는 세 아이들과 사위의 시선…… 사위의 잦은 들락거림…… 큰며느리를 제외한 그들끼리의 잦은

숙덕거림…… 빈소에서 슬픔에 젖은 조문객을 맞으면서도 그들은 끊임없이 음모를 꾸미고 있었고, 그 음모의 결과가 가압류임을 홍 여사는 알 수 있었다. 남편이 결코 이러한 사실을 알 수 없다는 것에 대해 홍 여사는 하나님께 감사했다.

"어머니, 걱정 마세요. 어머니는 그냥 모른 체하고 계시면 다 해결될 거예요."

홍 여사가 침묵을 지키자 아들이 말을 이었다.

"정 교수님은 존경할 만한 분이지만 자식들과 사위는 형편없는 사람들이에요. 어머니가 그렇게 할머니랑 정 교수님에게 하듯이 다른 사람에게 했으면, 아니 그 반만큼이라도 했으면, 정말 뭔들 아까워하겠어요?"

홍 여사는 아들의 말을 듣지도 못하고 침묵 속에서 속으로 하나님께 도와달라는 기도만 되뇌었다.

순간 홍 여사에게 한 가닥 희망이 떠올랐다. 바로 남편이 남긴 유언장의 내용이었다. 홍 여사는 아파트로 가 영정을 앞에 두고 아이들이 다 모인 데서 읽으라고 한 남편의 유언장 내용을 대충 짐작할 수 있었다. 한 달 보름 전에 병원 침대에 누운 남편이 홍 여사에게 받아

쓰라고 하며 유언의 내용을 부른 적이 있었다. 한 절을 받아쓰고는 감정을 이기지 못하는 홍 여사 탓에 남편은 부르기를 포기했지만, 그때 받아쓴 한 절의 내용은 기억하고 있었다. 홍 여사는 속으로 그 내용을 되뇌었다.

'특별히 풍족하게도 잘해주지도 못한 아버지였지만 그러함에도 너희들 모두 각각 제자리에서 제 몫을 하고 있으니 너무나 고맙다. 혹시라도 내 성격 탓에 너희를 서운하게 한 것이 있거들랑 내가 너희들 곁을 떠나는 순간 다 흘려보내다오.'

그것이 남편이 불러준 내용이었다. 그 다음에 남편이 직접 덧붙인, 무슨 내용인지는 모르는 글이 추가로 적혀 있을 것이었다. 홍 여사는 아직 뜯어보지 못한 남편의 유언장에, 그리고 자식들이 다 모인 데서 꼭 읽게 하라고 유언으로 남긴 유언장에 자식들의 닫힌 마음을 열어줄 만한 내용이 있으리라는 확신이 들었다.

그때 그들 모자가 탄 차가 아파트 정문을 들어섰다.

"승국아, 내 걱정 말고 너는 이제 집에 가도 돼. 정 교수가 아이들 모두 모인 데서 읽으라는 유언장이 있어."

홍 여사는 그렇게 말하며 뒷좌석에 놓아둔 짐 보따리를 무릎 위에 놓았다. 그러고는 핸드백을 꺼내 그 안에서 '유언장'이라고 씌어진 하얀 봉투를 꺼냈다.

"그렇게 할게요. 여하튼 아파트에 대해서는 아무 말 마세요."

아들이 말했다. 홍 여사가 대답을 하지 않자 아들은 아파트 입구에 차를 세우고 그녀를 보았다.

"변호사님이 강력히 부탁한 거예요. 그 사람들 말은 그냥 무시해버리세요."

홍 여사는 아무 말 없이 차에서 내렸다.

아파트 안으로 들어서자 응접실 소파에 둘러앉은 가족들의 모습이 홍 여사의 시야에 들어왔다. 모두들 그대로 앉아 있고 큰며느리만 일어나 현관 쪽으로 얼른 다가왔다. 큰며느리가 홍 여사의 손에 든 짐을 받아 들었다.

"영정은 저쪽에 모셨어요. 괜찮겠지요?"

큰며느리의 시선을 따라가자 응접실 한쪽 벽에 붙인 탁자 위에 영정이 기대어져 있었다. 홍 여사는 그쪽으로 가 들고 있던 유언장을 영정 앞에 놓은 다음 아무 말 없이 침실로 들어갔다.

홍 여사는 장롱 문을 열고 안쪽 서랍 맨 밑바닥에 있는 자신의 인감도장을 꺼냈다. 그리고 침대 옆 탁자에 쭈그리고 앉아 종이에 아파트 포기각서를 썼다. 아파트의 모든 권리를 포기한다는 내용이었다. 그런 다음 인감도장을 찍었다. 각서를 조심스럽게 접어 봉투에 넣은 다음 봉투를 손에 들고 침실을 나왔다.

가족들의 시선이 홍 여사에게 몰렸다가 영정 앞에 놓인 유언장 봉투로 옮겨가는 듯했다. 홍 여사는 영정 앞으로 걸어가 손에 든 포기각서가 든 봉투를 유언장 옆에다 놓고, 그 옆에 있는 유언장을 들었다. 그런 다음 뒤돌아서 가족들을 바라보았다.

"아버지께서 돌아가시기 한 달 전쯤 나에게 부탁했어. 나를 포함해 가족 모두가 모인 데서 기연이가 읽도록 부탁을 하셨지. 힘이 없어 몇 자 적지도 못했다는 말씀을 하셨어."

홍 여사는 유언장이 든 봉투를 앞으로 내밀었다. 큰아들 기연과 둘째 아들 기호가 동시에 자리에서 일어났다. 기연이 몇 발자국 앞으로 나와 홍 여사에게서 유언장이 든 봉투를 받아들었다. 홍 여사가 큰아들에게 재촉하는 눈길을 보냈다. 큰아들은 유언장이 든 봉투를 조심스럽게 뜯은 후 그 속에서 두 장의 유언장을 꺼냈다. 유언장을 펼쳐 든 큰아들은 가족들을 마주하고 첫 장부터 조심스럽게 읽기 시작했다.

"특별히 풍족하게도 잘해주지도 못한 아버지였지만……."

그렇게 시작된 남편의 유언을, 홍 여사가 남편의 말을 받아적은 부분을 큰아들 기연이 읽었다. 그 다음 남편이 적은 부분, 홍 여사가 모르는 부분을 읽기 시작했다.

"남기고 싶은 말은…… 68년을 살아왔으니 할 말이 많겠지만 지나온 얘기는 다 부질없으니 그만두기로 하고, 앞으로 닥칠 일에 대해 몇 마디 적기로 하겠다."

남편이 덧붙인 부분을 읽던 큰아들이 잠시 사이를 두었다가 다시 읽기 시작했다.

"너희들도 이제 마흔 고개를 보고 있으니, 인생을 보는 눈이 많이 달라졌을 것이다. 각자 나름대로 인생에 대한 확고한 신념들이 있을 거라고 생각된다. 그러니 다음 장을 보기 전에 각기 마음을 추스르고 슬기롭고 원만하게 대처해주기를 바란다."

큰아들이 그 시점까지 읽은 다음 말을 덧붙였다.

"이것이 첫장 내용의 끝이야. 날짜가 있고, '아버지'라고 적혀 있고, 아버지 사인이 있어. 그럼 다음 장을 읽을게."

큰아들이 둘째 장을 펼쳐들었다.

"유언장…… 첫째, 내가 살던 아파트는 처 홍숙진의 소유로 한다. 둘째, 내 사후 인세를 포함해 그 외의 모든 재산의 관리, 유지 및 사용 권한은 처 홍숙진에게 준다."

큰아들이 그 시점에서 멈칫했다. 이곳에 있는 그 누구보다 홍숙진 여사가 놀랐다. 예상을 뛰어넘은 내용이었기 때문이다. 큰아들이 이제는 좀 더 빠른 속도로 유언장을 읽어 내려갔다.

"셋째, 홍숙진의 사망 시 인세를 포함해 내 지분에 해당되는 것은 종교기관에서 운영하는 자선단체에 기부해주기를 바란다."

큰아들이 잠시 사이를 두었다가 다시 읽어 내려갔다.

"이것이 법적 유언장의 효력이 없다 하더라도, 겸허

하게 받아들여 슬기롭게 처리해주길 바란다."

큰아들이 두 장의 유언장을 접으면서 말을 이었다.

"유언장을 쓴 날짜와 시간이 적혀 있고, '아버지'라는 글자 다음에 아버지 사인이 있어."

그 순간 둘째 아들 기호가 앞으로 나와 형이 들고 있던 유언장을 낚아채 읽기 시작했다. 그러더니 갑자기 기호는 유언장을 바닥에 팽개치고 허리춤에 손을 얹은 채 가쁜 숨을 내쉬었다. 소파에 앉아 있던 사위가 천천히 일어나 기호의 등을 토닥거린 후 영정 앞으로 가 마주 섰다. 사위가 나직한 목소리로, 그러나 빈정대는 투로 말하기 시작했다.

"참! 아버님, 해도 해도 너무하십니다! 살아생전에 그렇게 유별나시더니 사후에도 시신 기증이다 뭐다 그게 다 뭡니까? 아파트 명의 이전도 우리와 의논 한 번 없이 하시더니, 이제 와서 어떻게 이런 유언을 우리에게 남기실 수 있습니까!"

사위의 말이 끝나기가 무섭게 둘째 아들이 앞으로 나서 영정을 마주 보고 버티고 섰다.

"흥! 자기 혼자서 똥폼 다 잡고 있네. 이 씨팔!"

둘째 아들이 빈정대듯 말했다. 홍 여사는 충격을 이기지 못해 그 자리에 주저앉았다. 그리고 두 귀를 막고 눈을 감았다. 둘째 아들이 모든 것을 때려부술 듯한 기세로 집 안을 마구 휘젓고 다니며 고함을 계속 질러댔다. 큰아들은 그런 동생을 진정시키느라고 어쩔 줄 몰라했다.

홍 여사는 쫓겨나듯 침실로 들어갔다. 그러고는 침대에 엎드려 흐느끼기 시작했다.

"어머님, 죄송해요."

큰며느리의 목소리가 들렸다. 홍 여사는 상체를 돌려 무릎을 꿇은 큰며느리를 껴안았다. 두 여자가 함께 흐느꼈다. 잠시 후 흐느낌이 가라앉자 홍 여사가 입을 열었다.

"재 둘째 좀 어떻게 해봐. 조금 있으면 빈소에 오지 못한 동네 문상객들이 올 텐데 이 꼴을 보이면 어떡하니……."

홍 여사가 큰며느리에게 애원하듯 말했다.

"어머님, 죄송해요. 정말 죄송해요. 저희들도 어떻게 할 수가 없어요."

큰며느리가 두 손을 흔들며 애절한 목소리로 말했다.

그 순간 침실 문이 열리며 딸 부부가 방안에 들어섰다.

"어머니!"

기숙이 홍 여사를 불렀다. 홍 여사가 앉은 채 뒤돌아 딸 부부를 올려다보았다.

"어머니! 어머니가 경제적으로 여유 있길 바라는 것은 우리 모두 똑같은 마음이에요."

기숙이 홍 여사를 내려다보며 짐짓 점잖은 투로 말했다.

"아버지는 이미 내가 돈 걱정 하지 않게 해주셨어."

홍 여사는 연금에 대한 것을 떠올리면서 딸에게 말했다.

"그건 어머니가 지금부터 얼마나 현명하게 처신하느냐에 달려 있어요."

"그건 무슨 말이야?"

"닥터 김 얘기 잘 들어보세요."

기숙은 그 말과 사위만 방에 남기고 큰며느리를 데리고 침실을 나갔다.

"어머님, 이건 제 뜻만이 아니고 우리가 전부 의논한 결과예요."

사위가 홍 여사 앞에 앉아서 말했다. 홍 여사가 재촉하는 시선을 보냈다.

"아파트 가압류는 하지 않겠어요. 그 대신 딸과 둘째에게 1억씩, 첫째에게 1억 3천을 주시면 돼요. 첫째는 제사를 지내야 하니 좀 달라야겠지요."

사위의 말에 홍 여사의 표정은 한층 더 어두워졌다.

"이 아파트는 세금을 제하고도 4억 5천은 받을 수 있으니까 어머님 몫도 충분할 거예요."

사위가 침실 내부를 둘러보며 말했다. 마치 자비를 베푼다는 태도로…….

홍 여사가 자리에서 천천히 일어나 문 앞으로 조용히 걸어가 방문을 열었다. 응접실에 있는 모두가 홍 여사에게 시선을 주었다. 그러곤 응접실 탁자 위에 있는 영정을 가리켰다. 문을 연 채 침실 안에 있는 사위를 향해 입을 열었다.

"닥터 김, 저기 장인어른 영정이 있지? 그 영정 앞에 아까 하얀 봉투를 갖다놓았어. 유언장을 읽기 전이야.

그 하얀 봉투에 내 인감이 찍힌 아파트 포기각서가 들어 있어."

홍 여사의 말을 들은 가족 모두가 영정 쪽으로 시선을 보냈다. 둘째 아들이 얼른 영정 앞에 놓인 봉투를 들어 내용물을 꺼냈다. 홍 여사는 아직도 침실에 있는 사위를 보며 말했다.

"닥터 김, 이 침실에서 나가주게. 이곳은 닥터 김이 있을 곳이……."

홍 여사는 말을 끝맺지 못하고 고개를 숙였다. 사위가 나가고 침실 문이 닫혔다.

홍 여사는 벽장에서 여행 가방을 꺼냈다. 남편이 첫 수술을 받은 후 미국에 있는 두 아들을 보기 위해 떠났을 때, 복용해야 할 여러 가지 약과 몸에 좋다는 생식을 넣어 가지고 다니던 가방이었다. 홍 여사는 가방을 연 다음 침대 옆 장롱 문을 열었다. 맨 먼저 옷을 꺼냈다. 입고 있던 흰색 상복을 벗고 편안한 옷으로 갈아입은 다음, 다른 옷가지와 화장품 등을 챙기기 시작했다.

잠시 후 홍 여사는 간편한 옷차림으로 침실을 나섰다. 가족 모두의 시선이 홍 여사에게 쏠렸다. 홍 여사는 그들의 시선을 모르는 체하고 현관 쪽으로 갔다. 신발장을 연 다음 옆에 있던 봉투에 신발 몇 켤레를 넣었다. 그리고 가족들에게 시선을 주었다. 큰아들 부부가 홍 여사에게 다가왔다. 큰며느리가 울고 있었다.

"어머님, 죄송해요. 무슨 말씀을 드려야 할지……."

큰며느리가 울음 속에 말했다.

"어머니, 어디로 가시는 거예요?"

큰아들이 물었다.

"갈 데가 있어. 너희들은 걱정하지 않아도 돼."

홍 여사가 울고 있는 큰며느리의 손을 잡아주면서 말했다.

"연락처를 알려주세요."

큰아들이 말했다.

"잠시 날 그냥 내버려둬. 마음이 안정되면 내가 연락할게."

홍 여사는 가방과 봉투를 들었다. 큰며느리가 아파트 문을 열어주었다. 홍 여사가 아파트 문을 나서자 큰아들 부부가 따라나섰다.

"너희들 내려올 필요 없어."

홍 여사가 말하자 큰아들 부부가 머뭇거렸다.

"내가 시키는 대로 해."

홍 여사가 단호하게 말했다.

그럼에도 불구하고 큰며느리는 홍 여사의 가방을 뺏듯이 낚아챈 후 앞서 걸어가 엘리베이터 버튼을 눌렀다.

"어디에 계실 거예요?"

엘리베이터가 움직이자 큰며느리가 벽 쪽을 응시하며 물었다.

"너희 시아버지와 약속한 일이 있어. 그곳에 갈 거야."

"곧 연락 주세요."

큰며느리가 뒤돌아서 홍 여사의 품에 안겼다. 홍여사가 흐느끼는 큰며느리의 등을 토닥거려주면서 중얼거렸다.

"나는 이제 사람이 무서워졌어."

홍 여사는 사이를 두었다가 말을 이어갔다.

"그러나 꼭 극복해야만 해. 나를 위해 기도해줘."

잠시 후 홍 여사는 큰길로 나와 큰며느리와 헤어져

택시를 탔다. 택시가 움직였다.

택시 안 스피커에서는 〈동백아가씨〉[7] 노래가 흘러나오기 시작했다. 순간 홍 여사는 고개를 숙이고 울먹이기 시작했다. 울먹임 속에서 홍 여사는 마음속으로 말했다. '왜 우리처럼 좋은 만남을 왜 그렇게 빨리 끝냈어요?…… 당신이 생각한 것처럼 저는 그렇게 강한 여자가 아니에요.'

택시가 신호등 앞에 서자 잠시 잦아들었던 울먹임은 택시가 다시 움직이자 〈동백아가씨〉의 음률을 타고 홍 여사의 가슴속으로 파고들어 소리 없이 이어져나갔다. 그 소리 없는 울먹임을 속으로 삼켜내면서 홍 여사는 '그렇지만 당신이 생각한 대로 그런 강한 여자가 되겠어요. 이제 울지 않을 거예요'라고 남편에게 약속했다.

그러나 이내 곧 홍 여사는 어찌할 수 없이 터져 나오는 울음을 참지 못하고 소리내어 울기 시작했고, 그 울음 속에 남편에게 마지막 말을 남겼다. '하지만 지금은 그냥 울도록 내버려두세요. 당신에겐 보이고 싶지 않아 그동안 참았던 눈물이에요.'

편집자 주

1) 「예레미야 애가」: 『구약성서』 시가서(詩歌書) 중의 한 책으로 기원전 586년의 예루살렘 함락과 성전 파괴를 슬퍼하여 읊은 5편의 서정시로 구성되어 있다. 선지자 예레미야가 지은 것으로 알려져왔으나 실상은 작자 미상이다. 이 애가는 고통으로 가득 찬 민족의 수난을 말해주고 있으며, 하나님에게 대한 구원의 기도를 노래하고 있으므로 망국 후의 유대인의 심정을 나타내는 귀중한 문헌이다.(66쪽)

2) 「전도서」: 솔로몬(기원전 4세기)이 그 노년기에 하나님과 인간의 근원적인 관계회복을 통해서만 영원한 인생의 가치와 의미를 찾을 수 있음을 보여주기 위하여 기록한 『구약성서』의 한 책이다. 하나님 없는 삶의 허무함을 주제로 하여 모든 것이 헛되다는 것과, 수고함으로 얻은 인생의 결과를 즐기라는 점을 강조하고 있다. 그러나 허무함을 인식하고 즐길 수 있는 정신적인 여력이 인간에게는 없기 때문에, 이를 위해 모든 역사가 하나님의 섭리에 의한 것임을 깨닫고, 그 섭리에 순응할 때 즐길 수 있다고 한다. 특히 「전도서」는 문학인에게 특히 영향을 미쳤는데, 헤밍웨이의 소설 『태양은 또다시 떠오른다』의 제목은 전도서의 한 구절을 인용한 것이며, 미국 작가 토머스 울프는 '전도서는 가장 위대한 글'이라고 한 바 있다.(70쪽)

3) 「욥기」: 욥의 고난을 통해 하나님은 하늘에 있는 자들과 땅에 있는 자들과 땅 아래 있는 자들의 주(主)임을 가르치기 위하여 기록한 『구약성서』의 한 편이다. 욥은 고난받는 경건한 이스라엘 사람의 한 모델로서 국가적으로 절망에 빠져 있던 동시대인들에게 하나님을 원망하지 말고 좋은 시대의 도래를 기다리도록 격려한다. 그리고 의인이 경건한 신앙적 자세를 끝까지 견지하고 의로운 하나님을 믿으면 반드시 하나님의 복과 구원이 있다는 것을 전해준다.(76쪽)

4) 「마태복음」: 『신약성서』 4복음서의 하나이며, 사도(使徒) 마태가 쓴 것으로 여겨져왔으나 최근의 연구결과 그 설이 번복되었다. 저작 시기는 80~90년경으로 보며, 쓴 곳은 시리아 근처로 추측된다. 내용은 예수의 계보로부터 시작하여 탄생, 세례 요한의 출현과 요한에 의한 세례, 광야에서 마귀로부터의 유혹, 산상수훈, 예수의 갈릴리에서의 선교활동과 가르침이 제목별로 다루어져 있다.(78쪽)

5) 산상수훈: 「마태복음」 5~7장에 기록되어 있는 내용으로 '산상설교'라고

도 한다. 이것은 예수의 선교활동 초기에 갈릴리의 작은 산 위에서 제자들과 군중에게 행한 설교로서, '성서 중 성서'로 일컬어진다. 일반적으로 이 산상수훈은 윤리적 행위에 대한 예수의 가르침을 집약적으로 잘 드러내고 있다는 점에서 그리스도 교도들의 윤리 행위의 지침이 되고 있다. 그 내용은 '팔복(八福)'을 서두로 하여 사회적 의무, 자선행위, 기도, 금식(禁食), 이웃사랑 등에 관한 예수의 가르침을 담고 있다.(78쪽)

6) **가압류**: 채권의 대상을 보전하기 위하여 집행의 대상이 되는 재산을 미리 압류하여 두는 제도.(101쪽)

7) **〈동백아가씨〉**: 1964년 이미자가 부른 트로트 곡이다. 작곡자는 백영호, 작사자는 한산도이다. 1964년 제작된 동명 영화의 주제곡으로 만들어졌는데, 당시 신인급 가수였던 이미자는 이 곡을 계기로 한국을 대표하는 가수로서 '엘레지의 여왕'이라 불리게 되었다. 이 노래의 가사는 '그리움에 지쳐서 울다 지칠 때까지' 연인을 기다리는 여성 화자의 서글픈 마음을 토로하고 있다. 금지곡으로 지정되어 한동안 공식적인 자리에서는 불리지 못했던 노래였지만, 1987년 6월항쟁 이후 해금되어 한국인이 애창하는 가요로 꾸준히 사랑받고 있다.(116쪽)

작품해설

소설의 도덕적 상상력과 예술성

우한용(문학평론가, 서울대학교 명예교수)

1. 독자의 소설에 대한 기대

아스라한 개념의 산비알을 오르려 말고 실감을 이야기하자. 신간을 손에 들었을 때, 조금 과장하자면 깔끔한 표지 그림과 산뜻한 잉크냄새와 더불어 가슴으로 물줄기 하나가 지나간다. 새로 나온 소설에 대한 감탄과 기대 때문이다. 소설을 손에 들고 있으면 몇 가지 짜릿한 소용돌이가 지나간다. 아, 이 작가가 소설을 냈네, 이 출판사에서 나왔군, 제목이 뭐가 있을 것 같군. 『우리들의 두 여인』이라니, 우리와 삶을 공유하고 공감하는 두 여인일 터인데, 그런 여인이 과연 누구일까? 이런 의문을 갖다가 작가의 말을 흘금 훑어본다. 여기서 생각의 갈피가 잡힌다.

소설에서 우리가 기대하는 것을 얻자면, 소설에 대한 기존의 상식이나 지식 혹은 개념을 잊어야 할 듯하다. 그래야 실감이 온다. 실감이란 평범하고도 어려운 말로 감동(感動)이다. 돌이켜 생각해보면 내 젊은 시절의 태양은 늘 찬란하게 빛을 뿌렸다. 고뇌로 가득한 음습한 골짜기를 걸었더라도 달빛만은 달무리를 더불고 하늘 가득하게 출렁이며 흘렀다. 그리고 그때 만났던 아무개의 얼굴은 몇 십 년이 흘렀어도 여전히 싱싱한 살냄새를 풍긴다. 지나간 시절은 늘 미적인 거리를 잃고 멋대로 미화된다. 그래서 눈시울이 시려오고, 가슴이 따뜻한 물살로 달아오른다.

그러나 세월이 흘러 나잇살이나 꿰차면 감동이라는 게 흐물흐물 안개 속으로 자취를 감춘다. 봄꽃을 보아도 그저 좋다는 정도를 넘지 못한다. 가을, 붉은 열매를 손에 들고도 이제 가을이로구나 하는 정도의 옅은 감상에 빠지는 정도다. 그나마도 그럴 수 있다면 살아 있는 인간이다. 보고 듣고 느끼고 생각하고 하는 일이 생기를 잃을 때, 늙었다고 한다. 그래서 나이를 먹는 일은 서글픈 환영을 더듬는 일인지도 모른다. 소설 한 권 들고 가슴 설레던 적이 몇 차례나 있었던가.

소설을 읽는 일은 메마르고 척박한 삶의 영토에 물을 이끌어들이는 작업이다. 사물의 자취를 지우며 흐르는 시간에 대한 매서운 저항이다. 일상에 대한 반항 혹은 거역이 소설 읽기이다. 작가와 더불어, 작품과 함께 내 생애의 물줄기를 신선하게 요동치도록 하는 일이 소설 읽기인 셈이다. 신선한 감각의 회복, 잊었던 화두의 재발견, 지난 시간을 돌아보는 일, 앞날을 예상하는 일, 세태에 대한 나름의 가치판단 등이 소설을 읽으면서 하는 일이다. 이런 과제는 작가가 직접 제시하는 것이 아니다. 작중인물을 통해, 혹은 작중인물과 교감하면서 그러한 과정을 수행하는 것이다.

작중인물과의 교감, 대결, 대화는 결국 작품이 내 생애 안으로 들어오는 역할을 한다. 작중인물은 독자에게 끊임없이 질문을 한다. 「능바우 여인」처럼 나는 이런 아내와 사는데 당신은 어때? 이런 질문을 하기도 하고, 「동백꽃 여인」에서는 자신에게 주어진 생을 스스로 계획하고 실천하며 사는 작중인물들이 있는데 당신은 어떻게 살아? 그런 질문을 던진다.

그것은 다른 말로, 이 작가가 내 이야기 하고 있네, 그런 공감을 얻어내는 일, 그런 공통항을 발견하는 일이 소설 읽기의 값나가는 부분이다. 나 자신도 내 삶을 이야기하기 어려운 때에 누군가 있어 내 고충과 불편과 환희를 이야기해준다면 우리는 거기 다가갈 의무조차 있는 것이 아니던가.

공감과 감동은 작가와 독자 쌍방적이다. 독자는 작가의 소설작업을 반추함으로써 소설을 읽기 때문이다. 내가 공감하기도 하고 소설이 나를 공감으로 이끌기도 한다. 소설을 읽는 과정이 곧 소설을 쓰는 작업의 다른 편이다. 독자는 소설을 읽음으로써 작가와 같은 화두를 가지고 공감하고 대결하고 하면서 하나의 문화권에 편입되는 것이다. 이는 다른 말로 문화적 실천이라 할 수 있다. 따라서 독자의 소설 독서는 작가와 같은 시대를 동행하는 일이고, 당대의 문학문화를 이루어내는 실천이다.

2. 도덕적 상상력의 방향

도덕적 상상력이라면 말이 좀 거창해 보인다. 그런데 달리 생각하면 아주 간단한 일이다. 도덕적 상상력은 다른 말로 윤리의식이라 해도 좋을 듯하다. 윤리의식의 가장 기본적인 가닥은 삶에 대한 적극적인 긍정에서 출발한다. 삶이 가치 있고 아름답다는 깨달음 혹은 그러한 감각의 획득이 윤리의식의 바탕이다. 이슬 머금은 꽃을 바라보며 아름다움을 느끼는 것, 푸른 산을 유유히 넘어가는 흰구름을 바라보며 이승에 생명을 받아 살아가는 것이 얼마나 경이로운 일인가를 경탄하는 것, 날개 부러진 새가 파닥이는 것을 보고 눈물짓는 그러한 감성이 윤리의식의 출발점이다. 폴 발레리의 말대로 '바람이 분다, 살아야겠다!' 그런 감각이 살아 있어야 삶의 방법을 모색할 수 있고, 어떻게 사는 것이 바른 삶인지를 생각할 수 있다. 문학은, 좋은 문학은 그런 감각을 불러일으킨다.

「능바우 여인」은 자칫 '전통적인 한국의 여인상'을 그린 작품이라고 말하고 싶은 유혹을 불러온다. 이 소설의 제목이 되어 있는 능바우는 "경북 상주에서 20여 리

쯤 떨어진 창녕 성씨의 집성촌"인데, 작중인물 성환 씨의 고향이다. 험한 세월 동안 감추어 두었던 '웃음'을 유지하고 있는 것이 능바우 여인들의 참모습이다. 이 모티프는 능바우 여인들을 묘사하는 데서 반복된다.

능바우 여인들의 다른 덕성은 '알고도 모른 체하는 지혜'를 지닌 것이다. 그 지혜가 가난에 찌든 생활 속에서도 아이들 기를 죽이지 않게 했고, 남편을 남자로서 체면 구기지 않고 집안으로 돌아오게 했다는 것이다.(22쪽) "능바우 여인들의 지혜는 그들의 남편에게도 슬기롭게 적용되었다. 젊은 여자와 도시 여자에게 주책없이 마음을 빼앗긴 남편이, '알고도 모른 체'하는 그들의 지혜 속에서 젊음이 힘을 잃고 돈이 떨어지면 가장의 품위를 잃지 않고 가정으로 돌아오게 해주었다."(22쪽)

또한 능바우 여인들은 '우아한 죽음'을 결단할 줄 아는 여인들이다. 그리고 '아내는 누구보다 자존심이 강한 여자'(48쪽)로 성격지어진다. '가족을 위해 모든 것을 희생하는' 인간상으로 제시되기도 한다.(54쪽) 그리고 자존심이 아주 강한 인물로 부각된다. 이런 덕목은 능바우 남자들에게로 전이된다. 성환 씨의 부인 심 여사가 파악하는 능바우 남자들의 성격은 이렇게 그려져 있다.

"성삼문과 같은 고매한 인격으로 역사에 기록된 선비를 선현으로 모시는 능바우 남자들은 출세한 사람들과는 다른 점이 있었다. 그들은 거액의 뇌물을 주고받는 데 탁월하지 못했다. 어느 정도 경제력이나 사회적 지위를 얻고 난 후면 그들은 풍류를 즐겨 읊었던 선현들을 모범 삼아 특히 술을 즐겼으며, 낚시나 바둑 등 잡기를 좋아했고, 고개를 숙이기 싫어했고, 다른 사람들 눈치 보기를 싫어했고, 마음에 없는 얘기를 하기 싫어했고, 때로는 술의 도움을 얻어 큰소리치기를 좋아했다."(24쪽)

어기차게 고통스런 생활을 헤쳐나간 이 땅의 수많은 여성들을 생각하면, 위에 설정한 여성들의 덕성이 전통적 여성상으로 치부된다고 해서 틀릴 바 없다. 그러나 전통적 여성상을 이렇게 직설적으로 제시한다면, 그것은 오히려 도덕적 상상력을 제한하는 역기능을 할 수도 있다. 여기에 소설 장르의 방법이라 할 수 있는 일종의 대질의 미학을 동원함으로써, 도덕적 경직성을 풀어내고 있는 데서, 소설다움이 확보된다. 보험회사 주부영업사원으로 일하는 현실주의자 며느리를 시어머니 심 여사의 대립항으로 설정하고 있다. 또한 성환 씨의 동창 도만석을 출세지향적 근대인으로 설정함으로써 성환 씨와 다른 계열의 인간상을 동시에 볼 수 있게 배치하고 있다. 허영기 가득한 사진들, 사태의 계량화와 백분율의 부호를 좋아하는 인물로 그려지고 있는 그는 '이 시대를 대표하는 전설적인 인물'이라고 평가된다. 무리해서 몸을 망치고도 들끓어오르는 욕망을 통제하지 못하는 것이 바로 도만석에게서 발견되는 이 시대의 인물다운 점이기도 하다.

삶의 갈피에서 드러나는 도덕적 상상력은 어떤 일을 결심하고 실행하는 데서 실상을 드러낸다. 기실, 「능바우 여인」은 은행 지점장을 끝으로 퇴직한 어느 남자가 직장을 구하는 이야기이다. '건물 야간 경비직'이 그 직장인데, 은행에서 지점장까지 했다는 전력, 능바우 남자라는 자존심, 그리고 집안의 어른이라는 사회적 통념 등이 넘어야 할 장애물들이다. 그러한 장애물을 넘어서는데, 아내 '능바우 여인'이 적극적으로 지혜를 발휘해서 내외가 문제를 같이 해결하는 것으로 되어 있다.

통념의 각질을 벗어나 새로운 삶을 시작한다는 것, 그것도 적극적으로 선택한다는 것은 신선한 삶의 감각을 찾은 것과 다르지 않다. 도덕적 상상력은 삶의 긍정을 바탕으로 한다는 것이 전제 사항이었다. 삶을 긍정하기 위해서는 각질화된 고정관념과 싸워야 하고, 새로운 비전을 선택하는 실천이 있어야 한다. 일반적으로 도덕은 정형화된 명제 형태로 제시되어 새로운 발상을 차단하고 그 실천 방법을 무가치하게 만든다. 도덕적 상상력이 자성의 기능을 가져야 하는 것이 그 까닭이다. 이 작품에서 내외가 서로 이해하여 직장을 가지기로 하고 꿈꾸는 미래는 분홍빛으로 다시 피어나는 과거의 형상이다. 맥주도 마시고, 극장도 가고, 해외여행을 가는 단순하고 평범한 소망을 말하는 마무리에서 삶의 소박한 건강성이 드러난다.

그러니까 문제를 제기하고, 또 제기된 문제를 해결하는 과정이 단편소설의 미적 형식 속에서 형상화된 것이 이 작품이다. 여기서 단편소설의 형식을 이야기하는 까닭은 소설의 형식적 완결성을 뜻한다. 현실에서라면 이러한 결말 처리는 약간의 비웃음을 자아낼 수도 있다.

그래 해보라, 그 노릇이 그렇게 한가한 꿈을 허용하는가, 현실은 그렇게 앙버티고 있기 마련이다. 그러나 단편소설에서는 형식적 완결성의 요구 때문에 그러한 결말처리가 허용되는 것이다. 가통 · 예의 · 염치 · 체면 등에 복속되지 않고 자기 삶을 어엿하게 일구어 나가는 여인의 초상은 구각을 벗어버리고 새로운 삶을 지향하는 걸로 그려진다.

3. 삶의 형식과 소설의 형식

한 인간의 삶은 죽음으로 마무리된다. 소설의 마무리는 새로운 삶의 시작을 제안한다. 이 둘은 갈등 상황에 놓이게 된다. 그 갈등을 중재하는 데 소설의 방법이 자리잡는다. 소설에서 그리하여 잘 먹고 잘 살았다는 식으로 결말이 정리된다면, 이는 삶의 실상이 용납하지 않는다. 아무리 예술이 삶에 대해 '그럼에도 불구하고' 이러한 세계가 있거니, 하는 식으로 자기주장을 하는 장르라 하지만, 현실과 대비하여 현실의 실감을 벗어날 때 거짓이 되기 쉽다. 이러한 사유 끝에 소설의 형식이 근원적으로 아이러니컬하다는 루카치의 주장이 설득력을 얻게 되는 것이 아닌가. 「동백꽃 여인」은 남편과 갈라선 후 아내를 사별한 남자에게 재취로 들어온 여인이 삶의 의미를 확인하고, 새로운 삶을 출발하는 양상을 다루고 있다.

삶이 그렇듯이 대개의 꽃들은 이울 때 추한 모습으로, 그야말로 전락한다. 천속한 세계를 살아가면서도 자신의 삶을 고아하고 성스럽게 가꾸고자 하는 의욕은 인간 삶을 윤리적 차원으로 상승하도록 이끈다. 비루한 현실을 견디면서 살아낸 사람들의 말로가, 여전히 속되고 비천하게 마무리된다면 그야말로 구원 없는 비극, 아니 한 판의 소극(笑劇, farce)에 불과하게 된다. 삶이 비속한 욕망으로 누더기져 있어도 그 안에서 성스러운 가치를 추구하는 힘이 있어서 삶의 균형을 마련해준다. 그 양 측면을 함께 드러내는 일은 결코 쉬운 일이 아니다.

사실 동백꽃은 좀 속스런 이미지를 풍긴다. 그런데 동백꽃은 오히려 떨어진 꽃이 나무에 피어 있는 꽃만큼 아름답게 꽃으로서의 종말을 우아하게 마무리한다. 인고의 겨울을 이기면서 피는 꽃이기도 하고, 종말의 아름다움을 견지하는 꽃이다. "낙화 후에도 여전히 아름다운, 아니 전보다 더욱 아름다운 동백꽃…… 그 동백꽃을 가슴에 품고 있는 여자가 바로 아내였다."(87쪽) 제주 '동백언덕'에 가면, 동백꽃의 꽃말이 '그대만을 사랑해'라고 돌에 새겨놓았다. 그만큼 사랑을 주제로 그리는 상관물로 적절한 꽃이기도 하다.

대학에서 영문학을 가르치는 교수로서 정년을 앞둔 정문호라는 남자가 있다. 전처와 사별하고 재취(속현, 續絃)를 한 여인이 홍 여사다. 폐암 말기의 환자인 남편 정문호를 돌보면서 사랑을 일구어내는 아내 홍 여사가 바로 '동백꽃 여인'이다. 이 여인은 남편을 변화시키는 힘을 지니고 있다.

"군중 속에서의 움츠림, 잠자리의 지루함, 지나친 여유가 주는 막막함으로 다가올 거라 생각했던 자신의 은퇴생활을 놀랍게도 여행이 주는 행복감, 기다려지는 어두운 밤, 그리고 느긋한 여유에서 오는 즐거움으로 바뀌게 한 여자, 바로 4년 전에 재혼한 아내였다."(66쪽)

남편 정문호 씨는 정년을 앞두고 재취를 결심한다. 정년 전에 재혼을 해야 연금을 아내에게 남겨줄 수 있어서 혼사를 서둔다. 재혼 후 아내는 병석에 누운 시어머니를 봉양하고, 남편이 폐암 진단을 받자 남편을 극진히 간호하면서 남편을 위로하고, '하루에 1년 사는 것처럼' 살려고 헌신한다. 남편은 아파트를 줄여 차액을 자식들에게 나누어주고, 새로 장만한 아파트 소유권을 아내에게 이전해놓는다. 자기가 죽은 후에 경제적인 문제를 어떻게 처리하라는 유언장을 남기기도 한다. 그리고 자신의 시신은 자기가 재직하던 대학의 대학병원에 기증하기로 절차를 마쳐놓은 정황이다. 그리고 아내와 사랑 · 종교 · 진실 등을 이야기하면서 삶을 완성했다고 할 수 있는 시점에서 죽음을 맞이한다. 여기까지는 인생의 향기가 물씬 묻어나는, 우아한 정신적 고양을 이루면서 마무리되는 삶을 볼 수 있어서, 성스럽고 우아한 죽음으로 마무리되는 인간의 품격을 느끼게 한다. 이런 이야기만 전개된다면, 그야말로 바흐친의 개념으로 모노로직한(monologic) 교설로 흐를 수 있다.

여기에 관현악적 조응을 하게 하는 것이, 부친이 결심

하고 마무리해놓은 생애를 분탕질하는 행동들이다. 부친의 시신기증에 대한 비난, 새어머니에게 양도한 아파트에 대한 재산권 행사 욕심 등 물질적 욕망의 아수라장이 펼쳐지는 것이다. 그런 아수라장에 휩쓸리지 않고 아파트를 포기하고, 이전투구하는 자식들을 제쳐두고 호스피스의 길을 나서는 홍 여사의 결심이 작품을 다성적으로(폴리포닉, polyphonic) 이끌어올린다. 소설은 이러한 대질의 미학에 바탕을 둔다.

「동백꽃 여인」은 죽음을 맞이한 인간이 생애를 정리하는 방법을 보여주면서 사랑과 신뢰, 종교와 신앙, 문학과 진실 등 가볍지 않은 화두를 독자들에게 제공한다. 독자들에게 화두를 제공하는 것은 작가가 독자에게 던지는 일종의 질문이다. 일상에서 별다른 화두 없이 살아가는 이들에게 화두를 던짐으로써 자신을 돌아보고, 삶의 가치가 어디에 뿌리를 두고 있는지 성찰하도록 하는 것이 작가의 윤리일 터이다. 거기서 비루한 일상을 교양 차원으로 이끌어 올릴 수 있을 것이기 때문이다.

사랑은, 알랭 바디우가 제사로 인용하고 있는 랭보의 말처럼, 재발명되어야 한다. 그것은 이해 이전에 감동의 형식으로, 가슴 두근거림으로 다가와야 한다. “아내를 처음 보는 순간 놀랍게도 청년시절처럼 가슴이 두근거렸음이 상기되었다. 그러나 그것은 그의 나이 예순넷, 교수직 정년이 1년 앞으로 다가온 말년의 회의와 끊임없이 교차되고 있었다. 그러나 그가 느낀 두근거림이 결국 회의를 이겼다.”(67~68쪽)

사랑은 미소로 떠오르는 경우도 있다. 그것은 사랑하는 사람의 존재 근거를 마련해주는 강력한 힘이 되기도 한다. “(미소) 그 모습, 바로 그 모습이 그가 허약해진 폐로나마 숨쉬기를 계속하고 싶은 이유였다.”(80쪽) 이 미소 띤 얼굴은 깊은 의미를 지닌다. 자기 존재에 대한 자신감을 상징하는 표징이 되기도 하기 때문이다.

세상살이의 험한 세파가 들이닥쳐도 그녀의 얼굴에는 어떠한 자국도 남기지 못하리라는 믿음과 그에 대한 산 증인이 될 수 있다는 생각은, 첫 아내와 사별한 후 처음 ‘행복’을 느끼게 한다. 이는 미소를 잃지 않는 얼굴, 정이 많은 여자라는 믿음과 함께 기다림이 곧 행복이 되는 맥락을 형성한다.(81~82쪽) 품위와 자존심을 가졌으되 미소를 잃지 않는 얼굴은 「능바우 여인」의 경우와도 상통하는 어엿한 여인의 자아상을 드러내는 이미지이다. "다른 부부가 1년 사는 것을 우리는 하루에 살아야 해요."(90쪽) 이런 사랑은 친밀감으로 구체화된다. "홍숙진 여사에게 그 친밀감은 수다스러운 행동이나 외향적 표출이 아닌 살갗의 우연한 접촉, 순간적인 눈길의 마주침, 불규칙한 숨소리의 울림, 세밀한 보살핌 등에서 비롯되었다."(92쪽)

사랑과 그 사랑에 대한 고마움은 구체성을 지닐 때 힘을 발휘한다. 남편이 죽고 홍 여사가 혼자 고백하는 형식으로 되어 있는 부분을 보기로 한다.

투병 생활은 비록 남편에게는 혹독한 것이었겠지만, 그녀에게는 자신의 고마움을 행동으로 표현할 수 있는 귀중한 기회였다.

'무엇에 대한 고마움인지 아세요?'

그녀는 컴컴한 빈소 안 남편의 영정이 있던 곳에 시선을 주며 마치 남편에게 질문을 던지듯 속으로 물어보았다.

'당신의 탐험정신이었어요.'

그녀는 자신의 질문에 속으로 답했다.(96쪽)

영문학을 공부한 교수에게 '탐험정신'은 대상을 본래 모습으로 바라보는 안목을 뜻하기도 하고, 대상의 진정한 가치를 인식하게 하는 장치가 되기도 한다. "당신의 몸은 보존할 가치가 있어. 그 나이에 그런 몸이라면……." 이런 남편의 말을 듣고, 평생 처음 거울을 보기도 하고, 자신에 대한 존재감이 "생애 처음으로 경험하는 자신감과 느긋함"(97쪽)을 느끼게도 한다. 그것은 남편이 '여자의 품위'라고 명명한 것이기도 하다. 품위 있는 인간의 자신감과 느긋함이, 세속적인 물욕을 떠나, 호스피스의 길로 들어설 수 있는 통로를 마련해준 것이다. 장례절차에 나타난 세속적 물욕의 화신들이 벌이는 작태를 보면서 "나는 이제 사람이 무서워졌어"라고 터놓으면서도, "그러나 꼭 극복해야만 해." 하고 자기 길을 떠나는 모습은, 사랑으로 승화된 영혼의 형상이기도 하다. 이것이 세속적인 욕망과 잔악한 플롯으로 패배당하지 않는 어엿한 모습이 아니던가.

이처럼 세속에 복속되기를 거부하는 여인의 이미지를 형상화하는 데 동원되는 장치 가운데 하나가 종교이다. 남편은 불교 취향이고, 아내는 독실한 기독교 신자다.

각각의 종교를 인정하기로 약속한 처지에서, 아내는 병실에서 남편에게 성경을 읽어주곤 한다. 그 가운데 「전도서」를 읽어주었을 때 남편은 이렇게 말한다. "「전도서」가 진실을 전하는 위대한 책이고 동시에 위대한 문학서라는 어느 신학자의 말을 읽은 적이 있소. 문학이란 진실을 다루는 거요. 그 진실이 인간에게 득이 되든 해가 되든……." 자연스럽게 문학의 진실 문제를 거론하게 된다. 주제를 표면으로 내보이는 방법이지만, 작중인물의 신분이 영문학을 전공한 교수이기 때문에 자연스럽게 맥락에 자리잡는다.

그 가운데 「전도서」 12장(4절부터 5절) 가운데 한 부분을 직역해 들려준다. 늙은이의 죽음과 조문객들의 행태를 서술한 부분이다. "그들(늙은이들)은 영원의 집으로 가게 되고 죽음을 조문한 조문객들은 길거리를 쏘다닌다."(72쪽) 영문으로는 이렇게 되어 있다. "Then man goes to his eternal home and mourners go about the streets." 늙은이는 죽어서 하늘나라로 가고, 조문객들은 길거리를 아무 일도 없었던 것처럼 왔다갔다할 뿐이라는 것이다. 이 죽음이라는 한 존재가 감당해야 하는 절체절명의 사건과 무심하게 일상에 묻혀버리는 조문객들을 동시에 파악하는 이 시각은 이른바 올더스 헉슬리가 말하는 '전면적 진실'에 접근하는 것일지도 모른다. 친구의 죽음에 통곡을 하다가도 돌아앉으면, 죽은 친구 흉을 보기도 한다. 고인의 죽음을 비탄에 잠겨 애도하는 중에도 머릿속에는 나에게 유산이 얼마나 돌아올 것인가 주판알을 굴리는 게 사람 삶의 진상이다. 이 이중성을 드러내어 실상을 바라보게 하는 것이 작가에게 요구되는 산문정신일 터이다.

이 부분은 윌리엄 버틀러 예이츠의 비명을 연상하게 한다. 그의 비명은 이렇게 되어 있다. "마부는 삶과 죽음에 싸늘한 눈길을 던지고 그저 지나갈 뿐이다.(Cast a cold eye on life, on death Horseman, pass by.)" 아무튼 「전도서」의 이 부분에 문학적 진실이 담겨 있다는 것은 소설 가운데 소설론을 펼치는 격이다. 소설의 자성적 기능이라 할 만한 부분인데, 작중인물의 생애와 연관하여 실감이 부각된다.

문학은, 특히 소설은 사태의 어느 한편에 편을 들어 무작정 옹호하거나 폄하하지 않는다. 차라리 선과 악을 대질하게 하고, 성스러움과 속됨을 함께 엮어놓는다. 진실은 주장으로 이루어지는 게 아니라 발견되는 것이다. 그 발견은 작가의 발견이기도 하고, 독자의 발견이기도 하다. 달리 말하자면 작가는 세상을 읽어서 소설 속에 겹으로 엮어 넣고, 독자는 소설을 읽는 가운데 세상이 편성된 복합성을 발견하는 것이다. 이 복합성의 발견은 단조롭고 지루하게 진행되는 일상에 충격을 가하여 삶의 의미를 새롭게 읽어내도록 강요한다.

남편과 새로 만나 사랑을 나누는 동안 성숙된 인격은 존재의 상승을 뜻한다. 삶의 가치를 발견하고 세속의 비루한 인정을 넘어서서 자신의 길을 찾아나서는 홍 여사는 세속적인 물욕의 소용돌이 속에서 자아를 상실하지 않는 여인의 두 번째 범례가 된다.

4. 소설 읽기와 독자의 역할

문학은 늘 현실 저편을 넘본다. 그래서 위험하다. 또 고통스럽다. 그러나 그 위험과 고통을 디디고 넘어서려는 의지가 문학을 문학답게 해준다. 그러니까 세속적인

이야기를 써도 그 가운데 세속을 넘어서는 한 줄기 빛과 같은 광원을 찾아나서지 않을 수 없다.

어느 작가라고 단란한 가정과 질서 잡힌 사회를 소망하지 않겠는가. 어느 독자라고 험한 세파를 헤쳐가면서 입은 상처를 위안받고 싶지 않겠는가. 우리들 미래는 광휘로 가득 일렁인다고 예언을 외치고 싶은 생각이 없겠는가. 그러나 그러한 일은 윤리학자에게 맡기고, 작가는 인간적 품위와 존재의 가치를 찾아나서기 위해서 스스로 자신의 존재에 상처를 낸다. 이를 문학적 자각이라 한다면 그 자각은 쓰리고 아픈 자기성찰을 동반하게 마련이다.

독자의 경우도 마찬가지이다. 문학이 안온한 평온과 화사한 꽃구름을 안겨준다면, 그게 진실이고 아니고 따질 것 없이 그런 세계를 지니고 살면 그만일지도 모른다. 그러나 그렇지 않다. 최소한 의식을 지닌 존재로서 현실세계에 함몰되는 것은 막아내야 한다. 그래서 자신의 존재, 자신이 사는 사회, 그리고 세계에 대해 물음을 던질 줄 알아야 한다. 문학의 독서는 작가와 더불어 내가 사는 세계에 대해, 적어도 진지하게 물음을 던지는 일이다.

인간은 죽기 직전까지 깨닫고 자신을 성숙시켜 나가는 존재다. 물음이 없는 삶, 성장이 정지된 삶은 윤리성을 띠기 어렵다. 자신의 존재를 파괴할 권리가 내게 있다는 주장보다는 나 자신을 충실한 존재로 성장시켜 나가야 한다는 믿음, 그리고 내가 쌓은 그 성숙이 다른 사람에게 전이되어 성숙의 상호성을 확보하는 일이 소설 읽기의 한 모습이다.

소설은 현실이 아니다. 「능바우 여인」 같은 아내와 사는 남자가 이 나라에 몇이나 될 것인가. '능바우 남자' 같은 자부심 있고 세상을 향해 꼿꼿한 의식을 견지하는 사내들이 과연 얼마나 될 것인가. 그런 질문은 우문에 속한다. 다만 소설에 전개되는 세계를 내가 사는 세계와 비겨보면서 잠자는 나의 의식을 일깨우는 일을 독자의 의무로 간주할 필요가 있다. 이는, 나는 현실에서 얼마나 정복당하며 살고 있는가 하는 물음으로 전환해도 좋을 것이다.

속되게 말해서, 우아하고 품위 있게 죽음을 맞이하고 싶다는 것은 과욕이다. 「동백꽃 여인」의 정 교수처럼 자신의 죽음을 대비하는 사람이 과연 몇이나 될 것인가. 나는? 내가 아직 젊다면 나의 아버지·어머니는 죽음을 어떻게 준비하는가, 그런 문제를 이 소설을 읽으면서 화두로 떠올릴 수 있을 것이다. 현실의 벽에 부딪쳐 옴짝 못하게 된 형국에서라도, 죽음 직전까지 나의 성장을 어떻게 도모하고 인간적 가치 실현을 위해 내가 할 수 있는 일이 무엇인가를, 이 소설을 읽으면서 생각한다면, 독자로서 소설 독서에 충실히 참여하는 것이다.

소설은 삶의 문제에 답을 주지 않는다. 참조사항을 제공하거나 어떤 모델을 보여줄 뿐이다. 그러나 자신과 세상에 대해 자각적인 질문을 촉구한다는 것은 분명한 사실이다. 이러한 물음에 참여하는 것 자체가, 바흐친이 말하는 소설의 응답성(應答性, anserability)에 다가가는 일이다. 그러한 활동이 횡으로 연계될 때 그것이 우리 시대의 문학문화를 구축하는 길이기도 하다. 따라서 독자는 문학문화 창출의 주체로 서게 된다.

한국문학사 작은책 시리즈 2

우리들의 두 여인

초판 1쇄 인쇄 2014년 9월 23일
초판 1쇄 발행 2014년 10월 15일

지은이 홍상화
펴낸이 홍정완
펴낸곳 한국문학사
주간 홍정균

편집 이은영 배성은 홍주완
영업 한충희
관리 황아롱
표지 디자인 석운디자인
본문 디자인 이선영

121-727 서울시 마포구 독막로 281(대흥로) 한국컴퓨터빌딩 별관 5층

전화 706-8541~3(편집부), 706-8545(영업부) | 팩스 706-8544
이메일 hkmh73@hanmail.net
블로그 http://blog.naver.com/hkmh1973
출판등록 1979년 8월 3일 제300-1979-24호

ISBN 978-89-87527-38-3 03810